甘えたがりなネコなのに。

小中大豆

幻冬舎ルチル文庫

CONTENTS ✦目次✦

✦カバーデザイン＝高津深春（Coco. Design）
✦ブックデザイン＝まるか工房

イラスト・金ひかる✦

甘えたがりなネコなのに。

一日の仕事を終え、私服に着替えてロッカールームを出ると、フロントにいた顔なじみの客が、こちらを見て目を瞠《みは》った。

「大杉《おおすぎ》君、今上がり？　髪の色、変えたんだね。すごく似合ってるよ」

男は小麦色の肌に、不自然なほど真っ白な歯を光らせてニコッと笑う。大杉亮平《りょうへい》は少し戸惑いながらも、「ありがとうございます」と微笑《ほほえ》みを返した。

亮平がインストラクターとして勤務する、この『プラチナ・ジム』は、従業員も客の会員も『濃い』人々が多い。他の有名ジムと違って、年輩の夫婦や近所の主婦が雑談しながらストレッチに勤《いそ》しむ光景はまず見られない。

このジムの会員たちは、本気で身体作りをしにくるアスリートか、筋肉を作り上げることが趣味の筋肉マニア、身体を動かさずには生きていけない、トレーニングマニアばかりだ。

目の前の男は筋肉マニアで、アマチュアのボディビルダーだった。顔だけ見ると漁師の親父さん、といった風貌だが、首から下は鎧《よろい》のような筋肉に覆われている。亮平の身体を舐《な》めるように見るのはゲイだからではなく、他人の筋肉を観察しているからだ。

「今日の服もいいよね。君は細身だから、だぼっとしたファッションも似合うなあ」

「は……いえ」

ちなみに、ごく一般的に見れば、亮平は細身ではない。高校までバスケットボールの選手で、その後も今に至るまでずっと体育会系だったから、全身には無駄なく筋肉が付いている。

ただ、このジム内では確かに、細く見えるのかもしれなかった。

「あの、じゃあ失礼します」

もう少し、客と会話を弾ませられればいいのだけれど、そういう対人スキルは亮平にはなかった。相手も亮平のキャラクターを知っているので、「お疲れ様」と笑った。亮平はそれに、ペコペコとバネのようにお辞儀をして、エレベーターに乗り込む。

エレベーターの中には、派手な髪の胡散《うさん》臭い男がいた……と、思ったら、鏡に映る自分の姿だった。

「チャラい……」

鏡の中の男に、思わず呟《つぶや》く。先ほどの客は褒めてくれたけれど、亮平には自分の姿が、どうにも胡散臭く感じる。

威圧的な長身に、男なのに肩まで伸びたワンレングスヘア。茶髪でも不良っぽかったのに、昨日、美容師の友人によって、赤味のないアッシュグレージュに染め変えられた。これにツバ広の帽子とだぼっとした黒のフード付きパーカーを合わせ、下は七分丈のズボン。脛《すね》がスースーする。

似合っているかどうかといったら、確かに似合ってはいるのだろう。亮平はもともと、日本人にしては彫りの深い造作をしていた。全体的にパーツが大きくて、たれ目でまつ毛がばさばさと長い。派手な顔に派手な髪はむしろ、しっくりきている。ただ、似合っているのと好感が持てるのとはまた、別の話だ。

「……あ、ごめんなさい」

一階に着いてエレベーターを降りようとした時、外から飛び込んできた中年の女性とぶつかった。咄嗟《とっさ》に謝ったが、相手は亮平の顔を見上げた瞬間、眉をひそめて怒ったようにエレベーターの扉を閉めた。

そんな女の態度にへこんだが、珍しいことではない。亮平はとりわけ、中年や年寄りから受けが悪い。見た目が何だか軽薄そうだというだけで大人たちは、亮平がものすごく不躾《ぶしつけ》な存在であるかのように扱うのだ。田舎《いなか》にいた時は、隠れた性癖も相まって、色々と苦労した。

進学を機に東京に出てきて、自由で気楽になったと思う。たまには今のようなこともあるけれど、細かいことを気にしても仕方がない。

亮平は気持ちを入れ替えて、夜の街を歩き出した。

今日は仕事の後に、友人と飲みに出かける約束をしている。携帯電話で時間を確認すると、午後八時。ちょうど、待ち合わせの時間だった。

久しぶりに飲まない、話したいこともあるし。と友人から誘いがあったのは、つい昨日のことだ。恋人に振られたから、いつでも暇だよと言ったら、じゃあ明日会おうよということになった。

(話したいことってなんだろう。新しい彼氏ができたのかな)

十中八九、恋バナだろうなと、亮平はあたりを付けていた。恋人に対して何か愚痴りたいことや、人に言いたいことがあると、友人は亮平を呼ぶ。亮平も、本音の恋愛トークができるのはこの友人くらいなので、たまに話を聞いてもらっていた。

待ち合わせ先は、すでに何度か行ったことのある店で、迷わず向かう。職場の最寄り駅から電車に乗り、繁華街の雑居ビルにあるレストランバーだった。

店構えは地味だが、中は広く、金曜日なのもあってかなり混《こ》んでいる。男女交えたグループ客もいたが、ほとんどの客が男性だった。近くにゲイタウンがあり、この店もゲイが集まることで有名だった。

職場には秘密にしているけれど、亮平はゲイで、これから会う友人も同じだ。

ドアをくぐって店内に入った途端、男たちの視線がさりげなく亮平に向けられる。値踏みされていると感じるのは、気のせいではないだろう。

テーブル席の奥にカウンター席があり、そこには友人の姿があった。二人で飲むはずだったが、彼の隣には見知らぬ男がいて、何やら熱心に話しかけている。

背中をこちらに向けているので友人の顔は見えなかったが、これまでに何度もこうした光景を目にしているので、あまり察しの良くない亮平にも状況がわかった。

応対に出た店のスタッフに、カウンターの友人が連れだと短く伝え、奥へ向かう。

「ごめん、翔一《しょういち》。お待たせ」

友人と男の間に割って入るように顔を出すと、男はぎょっと目を剝《む》いた。

「遅いよ、亮平。ほら、座って座って」

翔一は不貞腐《ふてくさ》れた顔をして見せてから、男の反対にある空席を勧めた。熱心に話しかけていた男のことは空気のように無視しているから、やはりナンパされていたのだ。男は恨めしそうに亮平を睨《にら》んだが、目が合うとさっと顔を逸《そ》らせて席を立ってしまった。

「あーよかった。連れがくるって言ってるのに、しつこいんだもん」

「相変わらずモテるね」

男がいなくなったのを見て、せいせいしたと言う翔一に、亮平は苦笑する。

翔一は亮平と同じ二十三歳だが、童顔で美少年という形容がぴったりな綺麗《きれい》な顔立ちをしている。清潔感があって、それでいてどこか色気があるのだ。

それが男たちの庇護《ひご》欲をそそる反面、支配欲も呼び覚ますようで、今のようにしつこく言い寄られたりする。

亮平は怖がられる方が多かったから、羨ましいのと気の毒な気持ちとが半々だった。

「僕らが会うの、二か月ぶり？　もっとかな」

最初の飲み物で乾杯をした後、翔一が言った。記憶を辿《たど》ってみると、三か月ぶりだ。

上京してすぐ、初めて行ったゲイバーで翔一と出会った。東京が実家の翔一は、同じ年の亮平よりずっと場慣れしていて、色々とネットで検索しただけではわからないことを教えてもらった。

実は、全く経験がゼロだった亮平の筆下ろしをしてくれたのも彼だ。しかし、互いに恋に発展することはなく、身体の関係は一度だけ。今ではただの友達だ。

「亮平はまた派手になったね」

「これは昨日、池田《いけだ》にしてもらったんだ。やっぱり派手だよね」

手触りだけはいい、さらりとした長髪に手をやって、亮平はしょんぼりする。

池田というのは美容師で、亮平の高校の同級生だ。上京してからこれまでずっと、彼が亮平の髪をスタイリングしている。

亮平はスポーツインストラクターを目指して東京の専門学校に進んだが、池田は美容師になるため、同じく東京の専門学校に進学した。

経済的な理由からルームシェアを始め、お互いに金がなかったので助け合って暮らしていた。亮平は散髪に行く金も惜しく、また池田は美容師見習いとして練習台を探していたことから、池田にカットを頼んだのが今の派手な風貌の始まりだ。

亮平は素材がいいから、スタイリングのし甲斐《がい》があるよ、と友人は言い、就職してルームシェアを解消した今も、その言葉に甘えて無料で髪を切ってもらっている。おまけに、トータルスタイリングと称し、古着屋や安い店でセンスのいい服を調達してくれる。素人目《しろうと》に見ても、彼は美容師としての才能があると思う。

ゲイだと打ち明けても態度は変わらないし、とてもいい友達なのだが、いかんせん彼の手で作り出された今の姿は、亮平のパーソナリティーと大きく乖離《かいり》していて華美なのだ。

田舎にいた頃の亮平は「イモっぽい」という言葉が似合う、冴《さ》えない男子高生だったし、今も中身は大して変わらない。

鈍臭いし、対人スキルは低いし、思考が乙女《おとめ》っぽいと自分でも思う。オネエではなく、夢見るローティーンという意味だ。実際、子供の頃から少年漫画より少女漫画が好きだった。

「いいんじゃない？　よく似合ってるよ。ちょい悪そうっていうか、スポーツインストラクターっぽくはないけど。職場は大丈夫なの？」

「うん。うちは特殊なんだ」

亮平の職場は、他のジムに比べると格段に規定が緩い。安全にトレーニングができるのであれば、髪型や服装は自由だ。横並びのサービスよりも、インストラクターの能力とキャラクター性に重きを置いているためだった。この髪も、同僚や客からは好意的に受け入れられていた。

「そっか」

こちらの言葉に相槌《あいづち》を打ちながら、翔一はいつになく亮平の姿をじろじろと見る。

「何？」

やっぱりどこか、おかしいのだろうか。その顔を覗《のぞ》き込むと、彼は少し躊躇《ためら》うように目を伏せた。それからちらりと上目づかいに亮平を見る。

「亮平は今、彼氏っている？」

「いないよ。前に振られたって言っただろ。あれからいない。当分はいいかなって」

ちょうど前回、翔一と飲みに行った直前に、亮平は一年付き合った恋人に振られていた。

相手に別の好きな人ができたからだが、その前から自分たちは上手《うま》くいっていなかったように思う。

別れた恋人とのセックスは、亮平が抱く側だった。でも本当は、亮平も抱かれたい側なのだ。身体を重ねても今一つ集中できず、そういう雰囲気が相手にも伝わっていたのだろう。段々とセックスの回数も減って、別れる間際は完全なセックスレスだった。

相手から告白されて付き合ったとはいえ、恋人のことはそれなりに大事にしてきたつもりだったし、一年一緒にいて情も湧いていた。他に好きな人ができたと聞かされた時はショックだったけれど、心のどこかで「やっぱり」とも思っていた。

今までに付き合った恋人は、その彼も含めて三人。三人ともが亮平に抱かれることを望み、相手の方から好きだと告白してきた。その気持ちが嬉《うれ》しかったし、大切にしようと付き合いを始めるのだが、いつもうまく行かない。相手がもっともっとと欲する情熱を、亮平は注ぐことができない。

こんな外見だけれど、亮平の本質はネコなのだ。好みは年上の、ちょっと怖そうな男で、翔一にも言えないけれど、実はM気質の亮平には、そういう男に乱暴にされたいという願望がある。

けれど、現実に自分を好きになってくれるのは、どちらかといえば翔一寄りの、線の細いネコばかりだった。亮平がいいな、と思う男がいても、そういう人は亮平をライバル視こそすれ、恋愛の対象としては見てくれない。

でもそんな、選《え》り好みする自分もおこがましく感じられて、もう当分、誰かと付き合うのはいいかな、と思ってしまったのだった。

「翔一は？　俺を呼び出したってことは、いい人ができたんでしょ」

水を向けると、翔一は案の定、嬉しそうに頬を染めた。

「うん。好きな人ができた。まだ告白してもないけど。これから頑張るつもり」

「まだ告白してないなんて珍しいね。本気なんだ？」

弱々しげな外見とは裏腹に、翔一はこと恋愛に関してはかなりアグレッシブだ。性に奔放で、恋人がいない時はその場限りの相手と楽しむこともある。

好きだと思ったら、端で見ている亮平がハラハラするほど強引に挑んだ。そういう翔一が、頬を染めてもじもじしているのだから、これはよほど本気の相手なのだろう。

「よかったね」

「それが、そうでもない」

翔一は困った顔をする。またも躊躇う素振りを見せたが、やがて意を決したように視線を上げた。

「ねえ、亮平。俺の恋人の振りしてくれないかな」

何言ってんの、とすかさず口にしてしまった。

「そんなことしたら、逆効果じゃないか」

「あ、そうじゃなくて。しつこく寄ってくる男がいてさ。好きな人ができたって言っても、諦めてくれなくて、困ってるんだ」

翔一はよくモテる。それも年上の、仕事で成功していたりして、自信家の男たちが多かった。翔一は決まった恋人がいない時は、そうした男たちと上手に遊んでいた。

だが本命ができて、告白しようという段になって、その中の一人が急に本気だと口説いてきたのだという。あるいは、翔一が誰にも本気にならないと思っていたのに、本命などと聞いて火がついたのかもしれない。

だが翔一は、好きな相手に告白する前に、遊び相手とはきっぱり切れるつもりだった。翔一が好きになった男性はとても真面目《まじめ》な人で、翔一が遊んでいると知って嫌厭《けんえん》している節がある。それが、翔一に告白を躊躇わせる理由だった。

身ぎれいにしなければ、彼に本気だと信じてもらえない。だから、遊びの相手も、気まぐれに口説いてくる男もすべて切ってしまいたいのに、一人だけ切れない相手がいるのだそうだ。

「ねえ、亮平。お願い。僕の本命のふりをしてほしいんだ。僕はその男にさんざん、本気の相手がいるって言ってるから、うまく行ったたってわかったら、さすがに諦めると思う。僕、同じネコには嫌われてるし、タチの知り合いは下心のある男ばかりだしさ。純粋な友達って、亮平しかいないんだ」

翔一は必死だ。よほど困っているのだろう。自業自得ではあるのだが、ここまで本気の翔一は今まで見たことがない。自分でできることなら、協力してあげたかった。

「でも、本命の人に俺のことが知られて、誤解されたりしない？」

「その時はまた、一緒に来て誤解を解いてもらうってことで」

「ええー」

嫌そうな顔をする亮平に、翔一は顔の前で手を合わせて「お願い」と頼み込む。

「むこう一年分、飲み代を奢《おご》るから」

奢りにつられたわけではないけれど、結局亮平は、翔一に押し切られ協力することになった。

最後に恋をしたのはいつだろう。自宅アパートで出かける用意をしながら、亮平は考える。

東京に出てゲイデビューをして、色々な男性と知り合いになり、中には好みの人もいたけれど、それを告げる勇気はなかった。こんないかつくて軽薄そうな男が抱いてくれと言ったら、きっと引かれるに違いない。

昔から好きになる男はみんな、亮平を恋愛対象とは見てくれなかった。ノンケか、たとえゲイだったとしても、翔一のような可愛《かわい》い男や綺麗な男を好む人ばかりなのだ。どうしてなのかはわからない。だがいつも、そういう望みのない相手を好きになってしまう。

逆に、亮平を好きだと言ってくれるのはネコばかりだ。彼らは、軽そうだったり悪そうだったりする亮平の外見に魅力を感じるらしい。

しかし実際の亮平は軽くも悪くもなく、むしろ重くて生真面目すぎたりするので、すぐに幻滅された。遊び相手にもならない、などとひどいことを言われたこともある。

最後に付き合った恋人にこっぴどく振られて、もう当分、恋はいいやと思ってしまった。スポーツインストラクターの仕事にも、ようやく慣れてきたことだし、今は仕事に専念したい。

とはいえ、恋をしたい気持ちがないわけではない。翔一のように、好きな男のために一途《いちず》に行動しているのを見ると、自分もまた恋がしたいと思うし、彼を応援したいとも思う。

(でもやっぱり、気が重いなあ)

時間を気にしつつも、これから起こることを考えると、足取りが重くなる。

今日は翔一と一緒に、翔一に言い寄っているという男と会うことになっていた。平日だが、亮平のジムのシフトと先方の予定を翔一が調整した結果、今夜になったのだった。

『黙って、僕の隣に座っててくれればいいからさ』

と、あらかじめ言われているが、芝居などしたことがない。いくら向こうがしつこいからといっても、人を騙《だま》すのも気が引けて、段々と頼みを引き受けたことを後悔していた。

「何を着てけばいいのかなあ」

美容師の友人にもらった服を全部並べて悩む。翔一はいつも通りでいいと言ったが、あまりチャラチャラしすぎない方がいいだろう。なるべく真面目に見えるようにと、地味な色のジャケットとチノパンを選んだのだが、鏡で見るとやっぱり軽薄そうだった。

長髪がだらしなく見えるのだろうと、サイドをまとめてハーフアップにしてみた。ちょっとは真面目そうになった気がする。気のせいかもしれないが。

出かける前にまだ少し時間の余裕があったので、ざっと部屋を片づける。今日は仕事が休みだった。勤務日に気の重いことをするのは疲れるから、亮平の休みの日に予定を合わせてもらったのだ。

空気を入れ替えるために窓を開けると、隣から女の甘ったるい声が聞こえた。隣の住人は近所の大学に通う青年のはずだが、彼女を連れ込んでいるらしく、しばしば女の嬌声《きょうせい》が聞こえる。このアパートは安普請なので、窓を閉めていても聞こえる時があった。

（やだなあ）

ゴミの日以外にゴミを出したり、夜中に酔って大きな歌を歌いながら帰ってきたりするので、かなり迷惑だ。何より迷惑なのは、そういう隣人のマナー違反が、どうやら亮平によるものだとご近所に勘違いされていることだった。

以前、管理会社から身に覚えのないことを注意されて、びっくりした。自分ではないと訴えたが、どうも未《いま》だに疑われているらしい。

近所に住むこのアパートの大家と、たまにスーパーで顔を合わせるが、「女性を連れ込まないで。ゴミはゴミの日に出して」と小言を言われる。自分ではないといくら反論しても、取り合ってもらえなかった。駅から近いし家賃も安いのだが、次のボーナスが出たら引っ越したい。

近くの小学校から、午後五時を告げる鐘が聞こえて、亮平はアパートを出た。まだ四月になったばかりだというのに、薄物の上着でも出歩けるくらい暖かい。

最寄りの駅まで真《ま》っ直《す》ぐに行けば五分もかからないが、少し遠回りして近所の公園を通った。広くて木々が鬱蒼《うっそう》と茂っており、夜に通るのは大の男の亮平でも不安になる。しかし、公園にはある目当てがあった。

公園の中を少し歩いて、あるサツキの植え込みに辿りつく。

「富蔵《とみぞう》さーん」

人が通りかかったら恥ずかしいので、小声で呼んでみる。何度目かの呼びかけの後、亮平の背後から、「ブナ〜」とダミ声が上がった。

「なんだ、そっちから来たのか」

亮平の顔が、へにゃっと緩む。どこに潜んでいたのか、数メートル先から、トラ猫がゆっくりと近づいてくるところだった。

この公園に住み着いているオス猫だ。亮平は勝手に「富蔵さん」と名付けている。深い意味はない。年齢はわからないが、あまり若くはなさそうだ。撫《な》でると、猫とは思えないくらい毛が固い。野良猫なのにムチムチに太っていて、微妙に目が離れていて不細工だった。声もしゃがれたダミ声で、すごく可愛くない。

なのにびっくりするほど人懐っこく、ある時、亮平が公園のベンチで本を読んでいたら、いきなり「ブナ〜」と現れて膝に乗ってきたのだった。オッサン臭い顔をしているくせに、亮平の胸に顔を擦《す》り寄せてきたりして、たちまち富蔵さんのファンになった。

できれば連れて帰りたいのだが、生憎《あいにく》と今のアパートはペット不可だ。お金を貯《た》めて古くてもペット可のアパートに引っ越して、富蔵さんをお持ち帰りしたい。

富蔵さんを抱き上げると目を細めてゴロゴロ言い、頭を亮平の胸に押し付けてくる。しばしの間、そのブサ顔に癒された。

「そろそろ行かなきゃ。ごめんね。また今度、ごはん持ってくるよ」

たまに、ビニールに小分けしたキャットフードをポケットに忍ばせてくるのだが、今日は生憎と持ち合わせがない。富蔵さんに謝ると、彼はまるで人間の言葉を解するように、ブニュルッとおかしな声で相槌を打った。

富蔵さんと別れ、翔一との待ち合わせ場所に向かう。翔一に指定されたのは、繁華街にあるごく普通のコーヒーチェーン店だった。

こんなオープンな場所で、ゲイ同士の恋の鞘当《さやあ》てを演じなければいけないのかと思うと、気が滅入る。それでも、友人のために一肌脱ぐと決めた以上、逃げ出すわけにもいかなかった。

亮平が店に到着する手前で、翔一から店に着いたとメールが入った。相手の男がすでにいるのかどうかは、書いていない。二階席にいるとあったので、亮平は店に入るとまず飲み物を買いにレジに並んだ。

カフェラテを買い、二階に向かう。平日の夕方だが、店は混んでいる。狭い階段の折り返しで、上から降りてきた客にぶつかりそうになった。咄嗟に避《よ》けようとして、カップを載せたトレイが傾《かし》ぐ。

あっと思った瞬間、目の前にすっと手が伸びてきて、トレイを支えた。ぶつかりそうになった相手が、咄嗟に手を添えてくれたのだ。

「失礼。大丈夫？」

低く艶《つや》のある男の声に、はっと顔を上げた。じっと見据えるような、鋭い双眸《そうぼう》とかち合って、軽く息を飲む。目鼻立ちの通った、端整な顔の男だった。

「あ、ありがとう……」

ございます、と言う前に、男は軽く会釈をして、すっと横を通り過ぎていった。年は三十代くらいだろうか。背が高く、肩幅もがっしりとしていた。

（いいな、ああいう人）

男臭くて怖い感じなのに、振る舞いが紳士的な人。亮平の好みを、具現化したような男だった。ああいう人と恋がしてみたい。そんな一瞬の夢想をして、階段を上がる。

翔一はフロアの奥にいたが、すぐに見つけられた。一際華やかな彼の容姿は、よく目立つ。近づくと、彼は自分の隣の席を指した。

四人掛けのテーブルで、向かいの席は空っぽだ。相手の男はまだ来ていないのだろうか。

「今日はありがとう。ごめんね」

隣に座ると、翔一は最初にそう言った。亮平が「相手の人は？」とたずねると、もう来てる、という答え。そのことについてこちらが問うより早く、

「今日は何も喋《しゃべ》らないで。黙って座っててくれればいいからね」

と、口早に言った。

「腹芸なんて、亮平はできないしさ。むすっと不機嫌な顔で、だらしなく偉そうにしてて」

「何それ」

「ダメそうなイケメンが好みだって、あの人に言ってたんだ。実際、ちょっと前まではそう

だったしさ。外見だけなら、亮平は理想なんだよね」

「ええー」

ダメそうなイケメン、なんてまったく褒めてない。声を上げると、しっ、と発言を抑えられた。翔一の視線が、緊張したような面持ちで前方へ向けられる。相手の男が来たのだ。

そう気づいて、亮平も前を見た。階段を上がって、男がこちらへ歩いてくる。

「あ」

小さく声が上がったのは、それが先ほど、階段でぶつかった男だったからだ。

「あの人？」

「そう。黙っててね」

（嘘《うそ》……）

軽いショックを覚えた自分が、さらにショックだった。思った以上に自分は、彼に一目惚《ぼ》れしていたらしい。

ものすごく好みだったのに、彼が翔一にまとわりついている男だったとは。運命とは皮肉なものだ。

内心でがっくり肩を落としたが、今は芝居をしなければならない。腋《わき》に嫌な汗をかきつつ、懸命に無表情を作りこんだ。

どうやら相手の男は、亮平と行き違いに飲み物を買いに行っていたらしい。コーヒーカップを手に奥までくると、亮平を見て軽く眉を引き上げた。黙って、翔一と亮平の前に座る。

気まずい沈黙が漂いかけるのを、翔一が口火を切った。

「亮平。彼、古河《こが》さん。古河正治《せいじ》さん。古河さん、こっちは大杉亮平」

紹介されて、どう挨拶をしたものか迷ったが、先ほどの「だらしなく偉そうに」という翔一の指示を思い出し、とりあえずノーリアクションとする。古河という男も、こちらを睨むばかりで会釈すらしなかった。

「で？」

古河は、不機嫌そうに翔一を見る。右手の指が何かを探すように動き、やがて思い直した様子で止まった。その素振りに、喫煙者なのかな、と無表情を作ったまま思う。

「……もう、終わりにしてほしいんだ」

低く真剣な翔一の声と、それを聞いてぐっと拳を握った古河の険しい表情。それらを傍観しながら亮平は、途方に暮れた。

二人が思っていた以上に、真剣だったからだ。翔一の話の文脈からすれば、古河はただの遊び相手で、なのにしつこくつきまとう、身勝手な男のイメージだった。

「こいつが？　お前が言ってた本命なのか」

翔一がうなずく。古河は大きなため息をついた。

「ごめんなさい」

「まあ、仕方ねえな」

口調は軽かったが、古河の表情は沈んでいた。ただつきまとっていたのではない。翔一のことを本当に好きだったのだ。寂しげな男に、胸がツキンと痛む。

俺が翔一なら、この人を振ったりしないのに。

埒《らち》もないことを考えて、けれど相手が再びため息をつきつつ立ち上がったから、話は終わったのだと亮平は思った。

「仕方ねえとは、思うんだけどな」

低く物騒な声音に、ぞくりと背筋が震えた。あっと隣から声が上がり、目の前に嵐が起こった。

「……ぐっ」

頬からこめかみにかけて強い痛みを感じ、気づけば亮平は、椅子から転げ落ちていた。

「亮平！」

隣から、悲鳴のような翔一の声が上がる。フロアの客たちもどよめき、場の空気が一瞬にして変わったのを肌で感じた。

どうやら自分は、古河に殴られたらしい。それはわかったが、あまりにも唐突で呆然《ぼうぜん》とするしかなかった。

「人のモノ奪ってくんだから、痛い目見るのは当然だろ」

吐き捨てるように言って、男がくるりと踵《きびす》を返す。身をひるがえす際に、一瞬見せたまなざしが悲しげで、頬の痛みをこらえつつ亮平は胸を打たれた。

「亮平！　ごめん、ごめんね。大丈夫？」

泣き出しそうな顔で友人が覗き込んでくる。大丈夫だよと答えながら、亮平は今去った男に心を奪われたままだった。


「うちはサービス業で、お客様と接する仕事なんだから。気を付けるように」

職場の上司から、小言を受けた。翔一の芝居に付き合った、その翌日のことだ。

古河に殴られた頬は、日が変わる頃には大きく腫れ上がって、誰が見てもただならない様相になっていた。

『本当にごめんね。まさか、いきなり殴りかかるとは思わなくて』

翔一は、自分自身が殴られたようにうろたえていた。しかし、亮平は古河が最後に言い捨てたセリフが気になっていた。

まるで、二人が付き合っていたかのような口ぶりだ。しつこく口説いてくるだけの男ではなかったのか。翔一を問い質《ただ》すと、さすがに黙っておけないと思ったのか白状した。

『本当は、付き合ってたんだ。付き合いかけてた、っていうのが正しいんだけど』

古河が熱心なアプローチをしていたというのは、本当の話だった。

『そっち系の店で知り合ったんだけど。向こうも結構、遊んでる人でさ。最初はお互いに、遊びだったんだけど』

どうやら古河の方が本気になり、付き合わないかと言われたのだという。まだ本命と出会う前だった翔一は、そんな古河を焦《じ》らしてすぐにはうなずかなかった。自分以上に派手な噂《うわさ》の立つ男の、真意を測りかねたというのもある。

だが古河は、すぐにそれまで遊んでいた男たちと関係を断った。もうお前だけだと熱心に愛を囁《ささや》かれ、翔一の心も次第に傾いていった。燃えるような恋心はないけれど、こういう男と堅実に付き合うのも悪くはないと思うようになったのだ。

けれど、ついに古河と付き合うことを承諾した、その直後に、翔一は運命の相手に出会ってしまった。

運命だなんて陳腐だけれど、本当に見た瞬間に好きになってしまったのだ。そう、翔一は言っていた。

気のせいだと思いこもうとしたけれど、自分の気持ちは誤魔化せない。だが正直に古河に話したが、まだ俺を焦らして楽しんでいるのかと、取り合ってもらえなかった。

古河と別れなければ、相手に告白もできない。弱った翔一は、亮平に協力を頼んだのだった。

「それならそうと、最初から言ってくれれば良かったのに」

「でも言ったら、亮平は古河さんに同情しちゃうだろ。俺も酷《ひど》いことやってる自覚あるし。それでも協力してくれるだろうけど、亮平は思ってることがすぐ、顔に出ちゃうから」

亮平が同情の目で古河を見たりしたら、古河もプライドを刺激されて話がややこしくなるかもしれない。そう思って、騙すようなことを言ったのだが、結局亮平は殴られてしまった。

あの後、翔一と二人で店の人や周囲の客に謝って、ほうほうの体《てい》で店を出た。不幸中の幸いか、被害は亮平の頬だけで、食器も壊れていなかったが、恥ずかしくてもう二度と、あの店には行けない。

ご飯を奢る、それが嫌ならせめて病院に行こうという翔一に、自分で行くからと断って、家に帰った。何をする気にもなれなかったのだ。

たった数分の出来事だったが、ものすごく疲れてしまった。知らなかったとはいえ、亮平も翔一に加担して古河を傷つけたのだ。去り際の彼の、悲しそうな顔を思い出しては落ち込んだ。

（考えてみたら、俺も軽く失恋したんだよな）

素敵な人だと思ったのに、古河は翔一に本気だった。そんなことを考えてまた落ち込み、翌日に腫れ上がった顔を見て、もう気分はさらに下降した。しかも出勤前、大家と顔を合わせてしまい、「トラブルはやめてくださいよ」とすれ違いざまに言われてしまった。彼女の中ではきっと、亮平はとんでもないろくでなしなのだろう。

やりきれない気持ちになったが、幸いにも職場の上司や同僚たちは、亮平の話をきちんと聞いてくれた。男同士だという部分は伏せて、あとはすべて正直に話したのだが、それでも「亮平はお人よしすぎる」と呆《あき》れられてしまった。

「相手の男に、逆恨みされるかもしれないだろう。夜道で刺されでもしたらどうする」

サービス業なのだから気をつけろ、と小言を言った上司も心配していたが、恐らくそれはないだろうと亮平は思っている。

最後に古河が見せたのは、怒りよりも悲しみだった。それに、惚れた欲目かもしれないが、何となくあの男は、恋敵を執念深く待ち伏せするタイプではなさそうだ。

その日は勤務中、会員の人たちに何度も頬のことを聞かれ、同僚たちにもからかわれた。それでも、人に話したお蔭で、昨日よりは気持ちも浮上した気がする。

帰りがけ、翔一から怪我《けが》の具合をうかがうメールがあったが、大丈夫だとだけ返した。今は、翔一と冷静に話をする自信がない。

好きな人ができてしまったのは仕方がないと思うし、古河が納得しない以上、ああするしかなかったのかもしれない。しかし、騙して傷つけたという気持ちがわだかまりとして残っていた。

（富蔵さんで癒されよう）

仕事を終えて、真っ直ぐ家に帰るのがたまに虚《むな》しくなることがある。仲間の集まる店に飲みに行ってもいいのだが、亮平はあまり、そういう場所が好きではなかった。

自宅アパートを素通りして公園に向かう。富蔵さんがよくいる高台まで登ろうとしたが、入り口に足を踏み入れたところで、不意に植え込みの中から富蔵さんが姿を現した。

「そんなところにいるなんて、珍しいね」

亮平が撫でようとすると、すっと避ける。タタッと逃げるように公園の奥へ駆けたかと思うと、不意に振り返って「ブニャーッ」と強く鳴いた。亮平が立ち尽くしていると、また少し歩いて振り返り、「ブニャッ」と急《せ》かすように鳴く。

「もしかして、こっちに来いって言ってるの？」

亮平が歩き出すと、富蔵さんは歩き出した。時々、こちらを気にするように振り返るから、やはりついて来いという意味なのだろう。

理由はわからないが、富蔵さんがこんな行動をとるのは初めてだった。亮平がついてくるとわかるや、富蔵さんは足を速めて、公園の奥へ奥へと入っていく。園内はぽつぽつと灯《あか》りがあるだけで、夜は暗い場所だった。犬の散歩やランニングをしている人もたまに見かけるが、舗装されていない道に好き好んで入っていく人間はいない。

富蔵さんは舗装路を跨《また》ぎ、芝生《しばふ》を横切ってツツジの植え込みの中へと入っていった。亮平は迷ったが、植え込みをかき分けて中に入った。

植え込みを抜けた奥は、雑木がぽつぽつと生えた土の地面があるばかりで、少し離れた場所に黒っぽい塊が二つ並んでいた。

その片方から、ブニャーブニャーと富蔵さんの声がする。どこか逼迫《ひっぱく》したような、必死な声だった。完全な闇ではないが、灯りは遠くの街灯だけが頼りで、周りがよく見えない。だが富蔵さんの隣にあるもう一つの塊が気になった。

「富蔵さん、それ、何」

何か嫌な予感がして、思わず猫に問いかけてしまう。だが富蔵さんは、早くしろと言わんばかりに鳴き続ける。

亮平は斜めがけにしていた鞄《かばん》のポケットから、携帯電話を取り出した。近づきながら、そっとバックライトで塊を照らした。

「何、これ……」

目の前にあるものが何かを理解した途端、思わず声が漏れた。ドキドキと心臓の鼓動が痛いくらい高鳴る。

それは恐らく犬だった。

小さな犬だ。子犬なのか、小型犬なのかわからない。ひどく痩せてあばらが浮き出ていた。首に有刺鉄線のようなものが巻かれており、不自然に細かった。

死んでいるのか。見るのが怖くて、近づきたくなかった。けれど富蔵さんが必死に鳴くのを無視できない。

光をかざすと、あばらの浮いた胴がわずかに動いていて、まだ生きているのだとわかった。ホッとしたが、その犬が一度も鳴かないことに気づいて再びゾッとした。普通は手負いの犬ならば、見知らぬ人間が来たら警戒するだろう。だが犬は、亮平を見るために眼球を動かすこともない。ただ息をするだけで精一杯なのだ。

「何だよこれ……誰がしたんだよ……」

おぞましい。それに怖かった。富蔵さんが急かさなければ、亮平はいつまでもその場から動けずにいたかもしれない。ぐずぐずする人間に焦れたのか、富蔵さんが足にまとわりついて来て、ようやく我に返った。

Tシャツの上に重ねていたカーディガンを脱ぎ、恐る恐る犬を包んで抱き上げた。歩きながら、携帯電話で近くに動物病院がないか、検索する。片手での操作なので、なかなかうまくいかない。富蔵さんは後ろから黙ってついてきた。

街灯の下まで来て改めて見ると、犬の状態は目を背けたくなるほどひどかった。片目もなく、恐らく足も折れている。虐待を受けていたのは明らかだった。

「早く、何とかしなきゃ」

マップで検索し、どうにか歩いて行かれる距離にある動物病院を見つけた。犬を抱えて病院に向かおうとして、足元にいた富蔵さんの様子に気づく。

「富蔵さん。富蔵さんも怪我してるじゃないか」

暗くて気づかなかったが、右の前足が不自然なほど腫れている。目にも血のような目やにがこびりついていた。昨日まで、まったくの健康だったのに。

もしかすると富蔵さんは、この犬を虐待して捨てた犯人と、遭遇したのかもしれない。そいつにやられたのだろうか。

「富蔵さん、一緒に病院に行こう」

声は元気そうだが、放っておけない。考えて、亮平は鞄のファスナーを開けて富蔵さんの前に広げて見せた。通勤に使っている鞄はトレーニングウェアとタオルを何枚も入れるので、かなり大きい。富蔵さんを入れることができる。

じっとこちらを見ていた富蔵さんは、亮平の意図がわかったのか、しばらくして、のそのそと鞄の中に入った。

「ありがとう。前から思ってたけど、富蔵さん、頭いいよね」

グッグッ、と喉を鳴らす不細工な猫が、頼もしく感じる。できるだけ犬と富蔵さんに負担がかからないように、注意をしながら足早に病院を目指した。

生きているのが不思議なくらいだ、とその獣医は言った。

ようやく動物病院に辿り着いたが、安心することはできなかった。

「首の傷は大したことないが、衰弱してますね。あなた、本当に面倒見れるんですか？」

受付終了のギリギリに飛び込んできた亮平に、中年の獣医はあからさまに鬱陶しそうな顔をして、冷たく言った。安楽死もあると言われて、びっくりする。

「助かる見込みはないんですか」

「なくはないでしょうけど。時間がかかるでしょうね。お金もかかりますし」

「お金なら、ちゃんと払いますから」

大金ではないが、引っ越しのための貯金がある。だが獣医は、疑わしそうに亮平をじろじろと見た。

「最後まで面倒を見られますか？　もし不払いで投げ出したりしたら、すぐ保健所に連れていきますからね」

脅すように言われて、絶対に投げ出しませんから、と必死で訴えた。

「だからちゃんと、手を抜かないで診て下さい」

きちんと処置してくれるのか不安で、わざとそう言って相手を睨んだ。獣医は一瞬怯《ひる》み、ムスッとした顔で何か不満を小さく呟いていた。

結局、犬も富蔵さんも入院が必要だと言われた。前金だと有り金を払わされ、また明日くるようにと一方的に伝えられる。

「明日、迎えにくるからね」

富蔵さんが不安そうにこちらを見るのに、そっと強い毛を撫でる。後ろ髪を引かれる思いで病院を後にした。

その日はショッキングな出来事と不安で、よく眠れなかった。寝不足のまま出勤し、同僚や客に、犬の里親になってもらえる人はいないか、聞いて回った。

「虐待されてた犬か。うーん、俺も当たってみるけど、すぐには難しいかもしれない」

自分もよく犬や猫を保護するという客が、そう言っていた。昨今は猫よりも、犬の引き取り手の方が少ないのだという。とりわけ、虐待されていた、いわゆる訳アリの犬は人間に怯えて懐かない場合があり、里親探しはさらに困難になる。

いざとなれば、自分で飼うつもりだった。まだ目標の額には達していないが、引っ越し資金は前から貯めている。何とかやりくりして、立地も今より郊外を探せば、犬が退院するまでに亮平が借りられる家賃でペット可の物件が見つかるだろう。

その時はそんな風に、楽観的に考えていた。

「一晩で、この値段ですか」

仕事帰りに寄った動物病院で、差し出された請求書の額に目を疑った。亮平の貯金が、ほとんど消える金額だった。

「手術したら、この金額になるのは当たり前でしょう。それとうちは、入院費も前払いだから」

イライラと、怒ったように獣医は言う。

「え、手術したんですか。犬の方ですか。いったいどこが」

昨日はそんなこと、言っていなかった。前払いの話も聞いていない。そんなに具合が悪かったのかと矢継ぎ早に尋ねると、獣医は鼻白んだ様子で顔をそむけた。

「犬の方。首があれだったから、処置しただけ。値段に納得できないなら、うちではもう治療しませんよ」

早口にまくしたてる。何の説明にもなっていないそれに、亮平の中で猜疑《さいぎ》心が一気に大きくなった。そういえば、昨日も今日も他に患畜を見ていない。遅い時間だからだと思っていたが、ここは動物にとっていい病院ではないのではないか。

「きちんと治療をしてくれてるんですか。まず犬と猫の様子を見せて下さい」

たぶん、亮平が何も言わなければ、患畜を見せることも考えていなかったのだろう。最初は渋っていたが、亮平が引き下がらないのを見るとブツブツ言いながら、治療室の奥のドアを開けた。

ケージが幾つも並ぶ、殺風景な部屋だった。奥の二つ並んだケージに、犬と富蔵さんが収容されていた。それ以外はすべて空っぽだ。

ブニャー、とダミ声が聞こえて、亮平は思わず富蔵さんのケージに駆け寄った。

「大丈夫？　怖かったね」

手を差し出すと、ゴロゴロと擦り寄ってくる。中にはトイレシートと水入れがあり、富蔵さんも元気そうだった。ケージの中も綺麗に保たれている。少しホッとした。

だが隣の犬は、腹が規則的に動くので生きているとわかるものの、相変わらず鳴き声すら聞こえない。黒灰色の短い毛並みだったが、ところどころ地肌が見えていたし、毛の色が汚れなのか本来の色なのかもわからなかった。

「猫は連れて帰ってもいいけど、犬はまだ当分、少なくとも一週間は入院だから」

今夜も富蔵さんを預かるなら、さらに追加料金をもらうという。一泊の料金はこれもまた法外で、とても払いきれない。亮平は富蔵さんを連れて帰ることにした。

近くのＡＴＭまで走り、貯金を下ろして支払いを済ませた。猫用のキャリーバッグなど用意してないから、昨日と同じく鞄の中に富蔵さんを入れる。目は点眼液をもらったが、前足はそのままだ。猫にギブスはできないので、骨がくっつくまで安静にさせるしかないのだと、獣医はやはり面倒くさそうに告げた。

「一人にしてごめんな。またくるから。頑張るんだよ」

最後に一人ぽつんと残された犬に、胸が痛む。本当に、このままここに預けて大丈夫なのか、という不安もあった。獣医にくれぐれもお願いしますと頭を下げ、動物病院を後にした。

（まずは富蔵さんをアパートに連れて帰って。あとは、餌とトイレか。やっぱり、他の動物

病院に相談しよう。里親に親身になってくれるところも、あるかもしれないし）

夜道を歩きながら、頭の中で目まぐるしく考えて、ため息をつく。

（疲れた……）

一昨日《おととい》から、色々なことがありすぎる。鞄の中から顔だけを出した富蔵さんが、気遣うようにナーッと鳴いた。

「大丈夫だよ。窮屈にさせてごめん。もうすぐ着くから。ちょっとこれ、被《かぶ》ってて」

目隠しに、鞄の上に上着を脱いで被せる。アパートに入る前に、誰かに見つかったら大変だ。

富蔵さんを家に入れることについて、大家に事情を話すことも考えた。だが昨日の彼女の様子を考えても、とても了承してくれるとは思えない。飼い主を見つけるまで、無理を押し通すことにした。疲れていて、誰かと交渉する気力がなかったのもある。

（帰ったら、餌とトイレを買いに行って……あ、人間用のご飯も）

順序を組み立てながら、帰路を急ぐ。アパートに続く細い路地を曲がったところで、異変に気づいた。

アパートの前が騒がしい。パトカーが一台止まっていて、制服の警官が二人、アパートの階段の下にいた。彼らの前には大家がいて、ぎくりとする。彼女の隣に、亮平も世話になった、仲介の不動産屋もいた。アパートの住人は見当たらなかったが、近所の人が数人、アパート前の道路に溜まっていた。

(何があったんだろう)

よりによってこんな時に、と恨めしく思う。できれば素通りしたかったが、大家と顔なじみの不動産屋がいる以上、何も声をかけないのは不自然だろう。このまま回れ右をして、どこかで時間を潰そうか。

そんなことを考えている間に、大家が亮平に気がついた。あっ、と敵を見つけたように怖い顔になり、その表情に、警官と不動産屋が振り返る。

「帰ってきたわ。あの人です」

こちらにも聞こえる大きな声で、大家が言った。咄嗟に思ったのは、自分の部屋に空き巣が入ったのでは、ということだった。だが呆然とたたずむ亮平に、大家が突然、気色ばんで大きな声を出した。

「あなたねえ! いったいどういうつもりなの」

「は?」

「まあ、待ってください。まだ彼だと決まったわけじゃないんですから」

不動産屋が、なだめるように言う。犯人を追及するような口ぶりに、驚いた。警官の一人と、不動産屋がこちらに近づいてくる。三十過ぎの不動産屋は愛想よく、亮平に笑いかけた。

「大杉さん、お久しぶりです」

「あ、はい。あの、何が……」

戸惑うばかりの亮平を見て、警官と不動産屋は顔を見合わせた。警官が口を開く。

「いやね、アパートの前で、不審火があったんですよ」

「不審火？」

「収集日でもないのにゴミが捨ててあったんですが、そのゴミが燃やされてたんですよ。まあ、すぐに大家さんが気づいて、バケツの水で消し止めたんですが」

警官の言葉に、首を伸ばしてアパートの前の電柱を見た。ゴミ収集の場所だ。確かに、水浸しになったゴミの袋が見えた。

「あの、俺は」

状況が理解できて、亮平は慌てた。だが口を開きかけるや、大家がヒステリックな声を上げた。

「あなたねえ、ゴミはゴミの日にって言ってるのに、どうしてそんなこともわからないのっ？」

「俺じゃありませんっ」

思わず大声で言い返してから、はっと鞄に気づいた。上からシャツを無造作にかけただけで、ちょっとでもずらせば富蔵さんが見つかってしまう。そう考え、無意識にシャツに手をやったのが、悪かったのかもしれない。

警官の視線が、いぶかしむように鞄に注がれた。

「鞄、どうかされたんですか」

口調が硬いものに変わる。警官の表情を見て、亮平の脳裏に「放火」という文字が浮かんだ。自分は、犯人だと疑われているのだ。

「別に、何も」

声が震えた。警官の顔が険しくなる。

「何なのよ、見せなさい！」

再び大家がヒステリックに叫び、駆け寄って亮平の鞄に手を掛けた。抵抗をする亮平から、無理やりに奪い取ろうとする。警官と不動産屋が慌てた様子で止めようとしたが、大家は鞄の両脇を乱暴に押さえた。

「やめてください、怪我してるんです！」

亮平が叫んでしまったのと、鞄から「ブナッ」と焦った声が聞こえたのは、ほとんど同時だった。全員の視線が集中する中、シャツがはらりと無情にも落ちた。

「あらー」

思わず、というように、警官が間抜けな声を出す。不動産屋がため息をつき、大家は「どういうことなの、これっ」とさらにヒステリックになった。

「うちはペット不可だって、契約書に書いてあったでしょう！」

話がこじれそうなのを見て、警官がまあまあとなだめる。

「猫やゴミ捨てルールのことは、そちらで話し合っていただくとして。不審火のことは、こちらで調べますから。まあたぶん、放火とかではなくてですね、ゴミ袋の中にあった煙草《たばこ》が原因でしょうけど」

警察が介入するのはここまで、と線引きをするように言い置いて、警官二人はそそくさとパトカーに乗り去っていった。

「こうなったら、すぐに出て行ってもらいますから」

憤懣《ふんまん》やるかたない、といった様子で、大家は言った。亮平が何か言い返そうとするのを、不動産屋が止める。

「ボヤのことはまだ、大杉さんのせいと決まったわけではないでしょう。猫を黙って飼ってたのはいけないことだけどね」

「いえ、これは……昨日保護して、病院から引き取ったばかりなんです。それで、里親が見つかるまで……」

「ならもう一度、病院で預かってもらうんだね。規則は規則だから」

亮平が言いかけたのを、不動産屋は遮った。

「でも、入院費用が高くて」

「それは仕方がないでしょう。拾った人の責任なんだから」

笑顔を貼りつけながらも、不動産屋は明らかに苛立《いらだ》っている。まぶたがピクピクと痙攣《けいれん》していた。もう、何も言うなということだった。

明るく騒がしい街中を歩いていると、先ほどの出来事が嘘のように思えてくる。こんな時間に、普段はあまり行かないゲイタウンへ向かっているのも、何だか現実ではないような気がした。

富蔵さんは再度、例の動物病院に預け直した。獣医には文句を言われたが、仕方がない。他に動物病院を調べたが、距離があるし、今の時間はもう、どこも閉院していた。夜間に開いているのが、この病院しかなかったのだ。

アパートに戻り、荷物を置くとすぐに出かけた。明日も仕事がある。本当はもう、何もしたくないくらい疲れていたが、気持ちがたかぶって眠れそうになかった。

（どうして、こんなことになったんだろう）

道すがら、憤りや悲しみが胸の中を渦巻いて、泣きたくなった。

不動産屋が大家をなだめ、その場では解放されたが、大家はしきりと、すぐに出て行ってほしいと繰り返していた。これまでも、騒音やゴミの迷惑を我慢していたのだと、彼女は言う。どれも亮平がやったことではないのに。言い返そうと思ったが、どうせ信じてもらえないだろう。

犬を保護しなければ良かったのか。だが、有刺鉄線を巻かれ、ボロくずのような塊を思い出すと、一瞬でも見捨てることを考えた自分が嫌になった。

お金のことを考えたら、富蔵さんだけでも公園に戻した方がいいのかもしれない。だが、あの怪我のまま放り出すのは不安だ。犬を虐待した犯人がまたやって来て、富蔵さんに危害を加える可能性もある。

ゲイタウンへ向かったのは、以前、翔一に連れて行ってもらった店のことを思い出したからだった。

男女の集まるミックスバーで、その界隈《かいわい》では一番の老舗《しにせ》だという。そこでママならぬパパと呼ばれていたレズビアンのオーナー店長が、捨てられた猫や犬を放っておけず、何匹も保護していると言っていたのだ。

狭い店には犬猫の写真が貼ってあって、縁があってもらわれていった動物たちがいるのだとか。パパは情の深そうな、大らかな人だった。

そこに行けば、もしかしたら引き取ってもらえるのでは、と希望を抱いていたし、もし無理でも、何か亮平の思いつかない伝手《つて》があるかもしれない。また、この連日のショックを誰かに聞いてもらいたいという気持ちもあった。

店に行ったのはかなり前だったが、場所は覚えていた。メインストリート、コーヒーショップの向かいのビル、その二階。だが真っ直ぐ向かったそこに、店はなかった。

「なん、で……」

確かにこの場所なのに、店の看板がない。以前あった看板は、別の店のそれに変わっていた。いや、単に店名を変えただけかもしれない。自分に言い聞かせ、雑居ビルの細い階段を上る。店のドアの前まで来て、希望が絶たれるのを感じた。

古めかしい木目のドアはモダンなブラックスタイルにすげ替えられ、中からはドラムのビートらしい、低音のBGMが漏れ出ている。それでもまだ未練を捨てられず、恐る恐るドアを開く。

ちょうど、中から出てくる客とかち合った。ぬっと現れた客は、プロレスラーのような長身の太マッチョだった。彼に遮られて店内はすべて覗けないが、ブラックライトの光とラップらしいBGM、おまけにカウンターに入っているのは、黒Tシャツにタトゥーをしたヘヴィメタル風の男で、もうここまで来たら別の店であることに間違いはなかった。

目の前の男はじろじろと、亮平を舐めるように見て、前をどいてくれない。その肩越しにカウンターの男が顔を傾け、「いらっしゃい。空いてるよ」と愛想よく促した。亮平は中に入ろうとしたが、男も後退《あとずさ》るように一緒に中に戻る。ニヤニヤ笑う男が薄気味悪い。仕方なく、やはり肩越しにカウンターの中にいる男へ話しかけた。

「あ、あの、ここに『モンロー』って店があったと思うんですけど」

「ああ。そうみたいね。オーナーが病気になって店を閉めたんだよ」

「病気……いつですか」

「うちがここに入ったのが一昨年の年末だから、それより前じゃない？　なに、オーナーに用事があったの」

「はい。いえ、あの」

亮平は口ごもる。ここで里親の話を口にするには、あまりにも場違いな気がしたからだ。以前の店はどこか昭和の匂いを感じさせる、古めかしいものだったが、今のこの店はむしろ、そうした古臭さを排除するような、尖《とが》った雰囲気があった。

けれど、話してみたら何か、縁が繋《つな》がるかもしれない。藁《わら》にも縋《すが》る思いで、亮平は目的を口にした。

「犬の……飼い主になってくれる人を探してるんです」

「犬ぅ？」

途端に、目の前のマッチョが言った。どこか馬鹿にしたような、大きな声が少し怖くて、男を避けるように「あの、猫でもいいんですけど」と口の中で呟いた。男はやはり、

「ネコ？」

と大げさなくらい大きな声で繰り返す。男の肩越しに店のスタッフが、訝《いぶか》しみながらも面白がるような、複雑な目でこちらを見た。

「いくら？」

目の前の男に尋ねられて、「えっ」と驚いてしまった。引き取ってもらうのだから、金を取るつもりなどなかった。お金はいらない、と言いかけて、思いとどまる。

犬の治療代はあまりに高額で、すでに貯金のほとんどを吐き出していた。このまま二日、三日と入院が長引いたら、もう入院費を払えなくなる。できるなら、里親に少しでも負担してもらえたらありがたい。

「じゅ、十万」

「高っ」

即座に太マッチョに返されて、腹がきゅっと絞られる感じがした。これでも、治療費の半分にも満たないのだ。

「あの、猫なら無料でも……」

遮られた視界の向こうで、ピュッと下品に口笛を吹く音が聞こえた。店員が迷惑そうに眉をひそめる。

やはり場違いだった。声は尻すぼみになり、恥ずかしさと失望に顔をうつむけた。

「あの、やっぱりいいです」

よく考えればたとえ困っているとはいえ、信用できない相手に、傷ついた犬や富蔵さんを引き渡すことはできない。

(他を当たろう)

軽く頭を下げて、今閉じたばかりのドアを開けようとした。その手を、太マッチョが摑《つか》む。

「まあ待ちなよ。金に困ってるんだろ？」

「それは、そうですけど」

やんわりと払おうとしたが、男はますます強く、亮平の手首を握りしめる。

「十万は無理だけどさ。そういう趣味なの？　この頬は、前の飼い主に殴られたのかな」

かさついた手が、亮平の腫れた頬を撫でる。気持ち悪さに鳥肌が立った。もしやこの男は、とんでもない誤解をしているのではないだろうか。

どうやって逃げよう。考えあぐねる中、太マッチョの背後から声が上がった。

「——それは、俺がやったんだよ」

艶のある耳触りのいい低音に、聞き覚えがあった。奥の席から誰かが立ち上がり、太マッチョを押しのけて、男が亮平の前に立つ。

「よう、奇遇だな」

亮平は返す言葉もなく、目を瞠った。そこにいたのが一昨日会ったばかりの男、古河だったからだ。

驚きに言葉を失う亮平を、古河は鋭い目をすがめて見据えた。

「セージさん、知り合いなの？」

スタッフの問いに、古河は「ああ。ちょっとな」と答える。それから亮平に向かって、硬い表情を作った。

「翔一は知ってるのか」

「え？　いえ」

どうして翔一の名前が出るのか、と考えてから、彼と恋人だという設定だったのを思い出す。色々あり過ぎて、忘れていた。

「これから、言ってみます」

翔一は実家暮らしだし、そこも確か、ペット不可のマンションだったはずだ。里親は無理だろうが、引き取り手を探してもらうことはできる。彼のために殴られたのだから、それくらいは頼まれてくれるだろう。

とにかく今は、この場から離れよう。そう考えて踵を返そうとした時、古河は顔をしかめてチッ、と舌打ちした。

「待てよ。十万、俺が出してやる」

嫌そうに言われて、聞き間違いかと思った。えっ、と聞き返すと、睨みつけられる。

「何だ？　相手が俺じゃあ不満か」

「えっ、いえ」

やはり、誤解されている。亮平が十万円で自分の身体を売ろうとしている、この場の人々は、そう解釈しているのだ。

「あの、俺」

「セージさんの知り合いじゃ、しょうがねえな」

太マッチョは卑屈な薄ら笑いを浮かべ、亮平の脇をすり抜けて店を出て行った。すれ違いざま、腰を撫でられて飛び上がる。古河が再び、舌打ちするのが聞こえた。

「おいヒロ。ここ、ツケといてくれ」

古河は店の男に言い、ぐいと亮平の腕を引いた。大きく骨ばった手に、こんな時だというのにどきりとする。

「来い」

亮平の腕を掴んだまま、店を出る。閉まりかけた店のドアの向こうで、冷やかす声が上がっていた。

「ど、どこに」

行くんですか、と聞こうとして、舌がもつれた。古河は不機嫌な声で答える。

「ホテルに決まってんだろ。そこらの公園でやる趣味はない」

そうではない、身体を売る気はなかったのだと、口を開こうとして思いとどまった。

（買ってくれるって言うなら、売った方がいいのかもしれない）

邪《よこしま》な考えが頭をもたげる。十万あれば、しばらくは犬も富蔵さんも無事に過ごせる。その間に、別の良心的な動物病院を探すこともできるのだ。

それも、見知らぬ男に身を委ねるのではない。憧れていて、でも絶対にチャンスなどないと思っていた男が、抱いてくれるというのだ。

（俺にとっては、うますぎる話だよ）

自嘲気味にそんなことを考える。自棄になっている自覚はあった。けれど亮平は、本当に疲れていた。

古河は別に、金に困っているらしい亮平に同情したわけではない。彼が亮平を買う気になったのは、翔一のためだ。

おそらく彼の目には、亮平はろくでもない男に映っているのだろう。あの大家と同じように。亮平が、翔一に金の無心をするのを防ぐために、古河は亮平を買うのだ。

（本当に、本気で翔一のことが好きなんだな）

そういう人を、二度も騙すのだ。自分が本当に、ろくでなしになった気がした。

無言のまま、古河は亮平の腕を引いて歩き、亮平も何も言わずについて行った。手を繋いで足早に過ぎる男二人を、通りの人たちが好奇の目で見た気がしたが、それももう、どうでもよかった。

古河が入ったのは、ゲイタウンを出たホテル街にある、古めかしいラブホテルだった。ラブホテルやブティックホテルというより、連れ込み宿、と言った方がしっくりくる。チェックインの機械などなく、顔が見えないように仕切られたフロントで鍵を受け取り、古いエレベーターで部屋に上がる。

部屋の中は薄暗く、古いホテル独特の匂いがした。退廃的、といえば聞こえはいいが、性欲を減退させるような、埃《ほこり》っぽく陰鬱な空気が漂う。

古河は上着を脱いで乱暴にソファへ放ると、「シャワー浴びて来い」と横柄に命じた。

亮平はうなずくでもなく、のろのろとそれに従う。浴室はユニットバスになっていたが、シャワーのお湯はチョロチョロとしか出なくて、しかも生温《なまぬる》かった。水を乞うようにしながら安っぽいボディソープで身体を洗っていると、惨めな気分になる。

やっぱり止めようか。だが、ここで逃げても状況は変わらない。それよりお金をもらって、富蔵さんたちの治療費を作る方が、まだ救われる気がした。

おずおずと風呂場を出ると、男はソファに座り、不機嫌な顔で冷蔵庫から出したビールを飲んでいた。所在無げにたたずむ亮平にちらりと一瞥《いちべつ》をくれて、「来いよ」と顎をしゃくる。

内心で怯《おび》えながら男の前に立つと、古河は足を開いた。

「くわえて勃《た》たせろよ」

蔑むような声だった。亮平は黙って、男の足の間にしゃがむ。自分は部屋に備え付けのバスローブに着替えたが、古河は服のままだった。シャワーを浴びる気はないらしい。亮平はおぼつかない手で男のベルトを解き、ジーンズの前を開いた。下着の中から取り出したそれは、ずっしりと重量があり大きかったが、柔らかく萎えていた。

亮平はそのことに小さく傷ついて、それから当たり前だ、と言い聞かせた。彼が好きなのは翔一で、本当なら亮平を抱きたいわけではない。

むっつりとした顔で、ビール缶を呷《あお》る男をちらりと見た。急に彼が、気の毒になる。失恋したばかりなのに、その失恋相手を助けるために、恋敵の男を買おうとしている。自分も彼も、同じくらい惨めで滑稽《こっけい》だ。不意に、泣きたいような笑いたいような気持ちになる。感情が爆発しそうになるのを、唇を噛《か》んでこらえた。

「早くしろよ」

苛立った声で言われて、亮平は男の一物を口に含む。経験が豊富な方ではない。しかも古河の陰茎は太く長く、くわえるのに苦労した。

「下手くそ」

罵られて、心の中でごめんなさい、と呟く。こんな身体に十万なんて、高すぎると自分でも思う。古河が気の毒だった。

少しでも、気持ちよくなってほしい。懸命に男のものを愛撫《あいぶ》する。えずきそうになるのをこらえて口淫《こういん》を続けると、それはようやく固く芯を持ち始めた。古河はそこで亮平に愛撫を止めさせ、ベッドへ促す。服を脱ぎながら、バスローブを脱ぐように言われた。

「勃ってねえな」

亮平の裸体を見て、古河は無感情に声を漏らす。ぎくりと身体が揺れた。

「すみません……」

「もしかして、こっちは初めてなのか？」

「抱かれる方って意味なら、そうです」

うなずくと、深いため息が聞こえた。すみません、とまた意味もなく謝ってしまう。

「あの、俺のことは、気にしないでください。あんまり痛いのは嫌ですけど、でもちゃんとしますから」

ちゃんと、とはどういうことか自分でもよくわからなかったが、古河に気を遣わせるのは申し訳ない気がした。

「SMの趣味はねえよ」

だが不機嫌に呟いて、古河はぎしりとベッドを軋《きし》ませる。亮平を仰向《あおむ》けに寝かせ、まだ勃ちあがっていないそれを緩く手でしごいた。

「えっ、あっ」

無骨な手だと思っていたのに、その指先は思いがけず優しく巧みだった。「待って」と押し留《とど》めようとしたが、男は構わず亮平のペニスを愛撫する。唇が触れ合う距離に男の顔があって、それだけで亮平は興奮してしまった。

たちまち芯を持ったペニスを、古河はふっと鼻先で笑う。ペニスを嬲《なぶ》っていた指が、するりと陰嚢《いんのう》を撫で、さらに後ろへと伸びる。

「あっ」

「足、ちゃんと開けよ」

低い声で囁かれ、ぞくりと肌が粟立《あわだ》った。男の前でおずおずと足を開く。逃げたところでどうしようもないのはわかっていたが、恥ずかしくてたまらなかった。顔を真っ赤にしてそむけると、男はくすりと笑った。

「いい顔するじゃねえか」

そっと相手を窺うと、息の掛かる距離に男の顔がある。キスされるのかな、と期待したが、古河は唇には触れないまま、亮平の窄《すぼ》まりを撫でた。

「ん？　柔らかいな。ちゃんと風呂場で穴作ってきたのか」

「だって……」

初めて男を受け入れるのだ。怖いから、恥ずかしいけれどシャワーを浴びながら、後ろを慣らしてきた。

「じゃあ、そろそろいいか」

古河の声に思わず身を硬くすると、「そこに転がっとけ」と仰向けに横たえられた。

「こっちで勝手にやる。お前はマグロになってりゃいい」

それは、金をもらう側としてどうなのだろうか。しかし、抱かれるのは初めてだ。どうすれば相手が気持ちよくなるのかもわからない。下手に動くより、古河に任せた方がいいのだろう。

「前からと後ろから、どっちがいい？」

部屋の自販機にあったローションを手にこぼしながら、古河がそんなことを尋ねる。これでは、どちらが買われているのかわからない。

そんなことは古河もわかっているのだろう。こちらを気遣いながらも、古河の態度は事務的だった。

「あの、前から。顔が見えた方が……」

後ろからは怖い。そう言うこともできず、言葉を濁す。古河は「了解」とおざなりに言った。亮平の足を大きく開かせ、後ろにローションを塗りこめる。思わず息を詰めたが、クチュクチュと浅いところを責められた瞬間、全身に衝撃が走った。

「は……ぅっ」

射精する、そう思った途端、指が引き抜かれる。古河は手早くゴムをつけると、亮平の足の間に腰を入れた。

「力抜いてろ。ゆっくりするから」

「んっ」

後ろに固い物が当たる。怖かったが、これ以上、古河を煩わせたくなかった。大きく息を吐くと、それに応じるように、ゆっくりと古河が入ってくる。わずかに引き攣《つ》れるような痛みが走ったが、太い雁首が埋め込まれた後は、痛みも感じなくなった。

「きつ……」

古河が微《かす》かに顔をしかめた。浅く含ませたペニスを、緩く腰を振って出し入れする。先ほど射精感を感じた部分を突かれ、亮平の口から声が漏れた。

「あ、ふ……んっ」

「すげえ締まりだな。スポーツでもやってるのか」

男の声は冷静で、少し悲しくなる。視線を上げると、古河の鋭い目が、冷たくこちらを見下ろしていた。

「ジムの、インストラクターを……っ、ひっ」

「ああ、そういう身体してるな」

「ん、う……ごめんなさい」

男は腰を揺すりながら、怪訝《けげん》そうに眉を引き上げた。

「何で謝る」

「だって、古河さん……翔一みたいなタイプが好きなんでしょう。俺みたいなの……申し訳なくて」

古河は一瞬、驚いたようにまじまじと亮平を見下ろし、それから呆れたようにため息をついた。

「今、あいつの名前は出すなよ」

「ごめ、ごめんなさ……ああっ」

強く突き上げられ、電流が駆け抜けるような快感が再び全身に走った。亮平は射精していた。びゅっと勢いよく白いものが跳ねる。

「お、俺……先に……ごめ」

「謝るなって」

男の呆れ声に、思わず口を両手で覆った。だらしのない顔になっているかもしれない。自分の襞《ひだ》が快感に震え、男の肉茎を強く食《は》んでいるのがわかる。

「だって、買ってもらったのに。俺ばっかり……」

「気持ちいいか?」

こくこくとうなずくと、男は端整な顔に意地の悪い笑みを浮かべた。それから強く突き上げる。

「ひ……待っ、あっ」

イッたばかりだというのに、古河に突かれるたび、射精前のような感覚が湧き上がる。初めての感覚に、亮平は自分の置かれている状況を忘れて身悶《みもだ》えた。

「あ、あっ、待っ……」

「出したばっかなのに、もうガチガチじゃねえか。本当に初めてなのか?」

酷薄そうな声色だったが、それはむしろ、亮平の身体を喜ばせた。

「んっ、あ……初めて……でも、気持ち、いっ」

乱暴に腰を打ち突けられ、亮平のペニスがぶるぶると揺れる。まるで男に貫かれたそこが、性器になったかのような快感だった。

古河は身悶える亮平を、感情のない目で見下ろしている。だが中に埋め込まれた雄が、不意に大きくなったような気がした。

「や、あ……」

深く貫かれ、亮平は喉を仰《の》け反《ぞ》らせる。射精したと思ったのに、鈴口からは先走りが糸を引いただけだった。絶頂に引き攣れ、肉襞が男を食い締める。古河はわずかに顔をしかめ、息を詰めて腰を進めた。

律動が止まり、古河が達したのがわかる。その瞬間、この男に抱かれたのだと、ようやく実感が湧いた。密かに憧れていた人が、自分の身体を抱き、中で射精している。

じわりと、感動のようなものがこみ上げてきて、亮平は覆いかぶさってきた男に思わず、キスをしていた。柔らかな唇の感触を味わい、それからはっと我に返る。

「す、すみません」

慌てて離すと、男は笑った。優しい笑いだった。

「別に、悪くはねえよ」

亮平の中に入ったまま、ぐっと腰を引き寄せられる。

「あっ」

「悪くない」

繰り返して、古河は亮平の唇を塞いだ。舌先が惑わすように口の中の柔らかな粘膜を愛撫する。男の舌は、微かに煙草の味がした。


少しの間、まどろんでいた気がする。

「そろそろ起きないか」

軽く肩に触れられ、亮平はがばっと跳ね起きた。尻の奥が、わずかに引き攣れたように感じて、軽く息を詰める。

「大丈夫か？」

その声に無心でうなずいた。顔を上げると、古河がベッドの縁《へり》に座っている。シャワーを浴びてきたらしく、ホテルに備え付けの安っぽいローブを羽織っていた。

「あ、今、何時……」

「五時前だ。そろそろ始発が動く頃だろう。仕事があるかもしれないから、起こしたんだが」

事を終えた時には、日付が変わっていた。だが初めて男に抱かれた衝撃に、終電を逃したことを考える余裕もなく、古河に促されるままシャワーを浴びたのだ。

入れ替わりに彼が浴室へ消える間、亮平はベッドの上に横たわり、そのまま寝てしまったようだ。

「ありがとうございます」

始発前と聞いて、ホッとする。今日の仕事は遅番で、午後からの出勤だったが、その前に病院に寄ったり、色々とやることがあった。

じゃあ、とどちらからともなく腰を上げ、身支度にかかる。数時間前まで、激しく抱き合っていたのが嘘のようだった。古河も昨日のような剣呑《けんのん》さはない。むしろ沈んでいるようにも見えた。

勢いで恋敵と寝てしまったことを、後悔しているのかもしれない。亮平もまた、男と寝たことを後悔していた。

切羽詰まっていたし、この人にならと、卑屈な下心があったのも確かだ。だが金銭を条件に他人へ身体を開いたことに、思った以上の自己嫌悪を感じる。

（でも、仕方がない。これで良かったんだ）

自分に言い聞かせる。のろのろと服を着ていると、古河が尻のポケットから財布を取り出し、中から札を抜いて亮平が座るベッドの縁に置いた。

「十万だったよな」

「あ……はい」

実際に札を見ると、後悔と自己嫌悪はさらに強くなった。

（でも、これがあれば、犬と富蔵さんの入院費が出せるんだ）

自分に言い聞かせる。金を取らなければと思うのに、なかなか手が出せなかった。

思い詰めた顔でじっと万札を見下ろす亮平を、どう思ったのだろう。

「それで足りるのか」

古河が不意に言った。えっ、と顔を上げる。どこか気の毒そうな、不安そうな目とぶつかった。

「自分でも余計なお節介だとは思うんだがな。根本的な解決になるのか、って意味だ。場合によっては、焼け石に水になるんじゃないか」

深刻そうな亮平を見て、心配してくれているのだ。もしかすると、翔一に類が及ぶことを心配しているのかもしれなかったが、それでも気にかけてくれるのが嬉しかった。

「大丈夫です。あの、助かりました。これで当分は、何とか」

「当分？　ちゃんと働いてんだよな。借金でもあるのか」

「借金は、ないですけど」

ゴニョゴニョと誤魔化すと、「ああ？」と凄《すご》まれた。

「言えよ。素人に一晩十万も払ったんだ。それくらい聞かせろ」

素人に十万。しかもマグロで。とんだぼったくりだ。仕方なく「犬が」と口を開いた。

「犬ぅ？」

怖い顔で鸚鵡《おうむ》返しにされて、びくっとする。

「いえ、猫が」

「どっちだよ」

さらにビクビクする亮平に、「ゆっくり落ち着いて話せ」と、古河は言った。その顔は怖くて、威嚇しているように見えるが、もしかしたらただ、驚いたり困惑しているだけなのかもしれない。

亮平は一つ深呼吸をして、一昨日の公園での顚末《てんまつ》から語った。

公園で虐待された犬と、とばっちりを食らった猫を保護したこと。動物病院の治療費が高額だったこと。それから昨日、ボヤ騒ぎの濡《ぬ》れ衣《ぎぬ》を着せられ、こっそり飼おうとしていた猫も見つかって、大家に出て行けと言われたこと。

訥々《とつとつ》と、順に話しているうちに、古河の眉間に皺《しわ》がどんどん深くなる。しまいには、苛立ったようにガリガリと頭を掻《か》いた。

「犬を飼ってくれって。本物の犬を飼えってことか。猫も」

「すみません、すみません！」

恐ろしい声に、亮平はがばっと頭を伏せて謝った。

「お金を取るつもりはなかったんですけど。いくらかって聞かれて、治療費を少しでも出してもらえたらと思って。誤解されてるってことは、途中で気づいたんですけど。でも、十万円あったらしばらく、富……猫を預かってもらえるから」

「あのなあ、先に言えよ、そういうことは！」

叫んで、あーっ、と悶えるような声を上げる。

「抱いちまったじゃねえか」

すみません、と亮平は小さく謝った。

「謝るな。余計にいたたまれなくなる」

もう一度、すみませんと言おうとして、慌てて口をつぐんだ。そんな亮平を見て、男は小さくため息をつく。やがて「煙草、吸っていいか」と尋ねられた。無言でうなずくと、古河は上着のポケットからマルボロを取り出し、火を点《つ》けた。二、三口吸って、火を消す。

「家はどの辺りだ」

亮平が答えると、動物病院はその近くなのか、また出勤時間なども矢継ぎ早に聞かれた。煙草をくゆらせながらわずかな間、思案していた古河は、煙草を灰皿に押しつけると、立ちあがった。

「車を取ってくる。一時間で戻るから、お前はここにいろ」

「え、車?」

「犬猫と荷物を運ぶのに、必要だろう。うちは一軒家だ。犬は昔、飼ったことがある」

猫はまあ、そのうち慣れるだろう。そんなことをさらりと言う男を、亮平は信じられない気持ちで見つめた。

「でも、犬はすごく傷ついていて、飼うのが難しいみたいで。猫も、成猫で……ちょっと、そんなに美形じゃないんですが……」

有体に言えば、富蔵さんは不細工だ。亮平にとってはそこが可愛いのだが、ペットショップで子犬や子猫を買うのとは違う。本当にいいのだろうか。

「わかってる。中途半端なことはしねえよ。とにかく、その獣医は信用できないな。他に患畜がいないのが怪しい。近所に知り合いの獣医がいるんだ。犬猫ともそっちに移して様子を見る」

古河は、簡潔に説明した。これから古河が家に車を取りに戻り、亮平をピックアップして、動物病院へ犬猫たちを引き取りに行く。

「いや、まだそれでも時間が早いか。病院の前に、お前の家に寄った方がいいな」

「俺の家?」

目を瞬《しばた》くと、男は軽く顔をしかめて頭を掻いた。

「アパートを追い出されそうなんだろ。確か翔一も実家暮らしだったし。これも何かの縁だ。

うちは無駄に広いんでな。他に行くところがないなら、お前さえよければ、金が貯まるまでしばらく置いてやる」

その言葉が信じられなくて、亮平は何度も頭の中で反芻《はんすう》した。犬猫だけではない、亮平までも引き取るというのだ。

「……神、ですか？」

男の後ろから、光が見える気がする。本気で感動したのに、男は冗談だと取ったらしく、ぽかっと亮平の頭をはたいた。

「馬鹿言ってないで、ちょっとでも休んでろ」

古河はフロントに電話をし、一人だけ一時退室すると告げると、鍵を持って部屋を出て行った。

部屋に残された亮平は、言われた通り、ベッドに寝転ぶ。昨日は色々あったし、あまり寝ていない。一時間でも休めるのはありがたかった。

（あの人はだから、俺を残して行ったんだよな）

亮平が少しでも休めるように。なんていい人なんだろう。

安心したせいか、すっと眠りに落ち、再び古河が戻ってきた時には、幾分か頭がすっきりしていた。

今度は揃《そろ》ってホテルを出る。最初にもらった十万円は、古河に返した。事情を知った古河は黙って受け取って、そのことに亮平はホッとする。自棄になっていたとはいえ、馬鹿な真《ま》似《ね》をした。

戻ってきた古河の行動は、てきぱきとしていて無駄がなかった。ホテルを出てまず、近くのコーヒーショップで腹ごしらえをした。そういえば、昨日の夜からろくに食事をしていない。モーニングセットを二つも食べて、ほっと息をつく。

それから古河の車に乗って、亮平のアパートに向かった。

「本格的な引っ越しは、休みの日にするとして。いちいち取りに戻るのも面倒だろ。身の回りの物は、積めるだけ持って行こう」

そう言って、一緒に荷運びを手伝ってくれた。といっても、亮平はあまり物を持たない。服や靴が主な物で、本と食器、調理道具がほんの少し。大きな荷物は冷蔵庫とこたつくらいだった。冷蔵庫は知人から譲り受けた中古品で、最近は調子も悪いので処分することにした。

とりあえず、今日は冷蔵庫の中身を綺麗にして、布団と身の回りの荷物を持っていくことにした。古河の車は大型の四輪駆動車で、荷台はたっぷりとスペースがあったが、犬と富蔵さんを乗せる余地を残しておかなければならない。

それでも今日で粗方、引っ越しは終わってしまった。

「テレビもないのか。殺風景だな」

「家には、寝に帰るだけなんで」

元からあまり、テレビは見ない。昼でも薄暗い、古くて物の少ない部屋を見て、古河は意外そうな顔をしていた。多分、亮平のチャラチャラした格好と、質素な暮らしぶりがそぐわないのだろう。

この格好は自分の趣味ではないのだ、と言おうとしたが、やめた。古河は亮平の内面のことなど、興味はないだろう。

「そういえば、古河さん。お仕事は大丈夫ですか」

アパートを出て再び古河の車に乗りこんだのは、午前九時、ちょうど動物病院が開く時間だった。

普通の勤め人ならば、もう出社しなければならない時間だ。今さらながら思い出して、亮平は慌てて運転席を仰いだ。窓を開けて煙草に火を点けていた古河は、今気づいたのか、というように片眉を引き上げる。

「仕事は主に家でやってるから、時間は自由がきく。それに今は暇なんだ。恋人に……恋人だと思ってた奴を別の男に取られたもんでね」

別の男とは、言うまでもなく亮平のことだ。言葉が見つからず、助手席で固まっていると、男は喉の奥で笑った。

「悪いな。お前を見てると、どうも意地悪をしたくなるんだよ。でもまあ、これくらいは許されるだろう?」

そうですね、と同意もしかねる。気まずさにうつむいていると、動物病院に着いた。

病院にはやはり患畜はおらず、いつもの中年の獣医が不機嫌そうに顔を出す。少し酒臭かった。

応対もいちいち面倒臭そうで、犬と猫を引き取ると言ったら喜ぶと思っていたのに、予想外にごねられた。前払いの費用は返さない、と言う。しかも犬は傷が重く、動かさない方がいいなどと、あれこれ理由をつけて退院させたがらなかった。

戸惑う亮平に代わり、古河が有無を言わせぬ態度で獣医を黙らせた。亮平が払った治療費の内訳を出させ、入院費用の前払い分を返金させる。特段、声を荒げるわけでもなかったが、古河の言葉は終始、理路整然としていたし、亮平よりもさらに大柄で威圧的な男に、獣医も怯んだようだった。

その後ようやく、診察室の奥に通され、古河が家から持って来てくれた毛布入りのダンボールに、傷ついた犬をそっと入れる。犬は亮平が抱き上げる瞬間、怯えたように首を縮め、歯を剝くような顔をした。だが、それ以上の力はないらしい。諦めたようにぱたりと倒れる犬が憐れだった。

富蔵さんは、亮平が持って来たいつもの通勤鞄に入れた。やはり彼も不安だったのだろう。ケージを開けるなり、亮平の胸に飛び込んでくる。

怪我をした前足が痛むようで、亮平の胸に片足を乗せ、傷ついた前足をだらりと下げている。

「富蔵さん。置いていってごめんね。もう大丈夫だからね」

鼻先を近づけると、富蔵さんはすりすりと頭を擦り寄せた。鞄の中に入れ、足にひびかないようそっと立ち上がってから、ふと視線に気づいて顔を上げる。病室の入り口には、犬の入った段ボールを抱えた古河が立っていて、珍しいものでも見るような目つきを向けていた。

だが、亮平と目が合うと、ふいっと身を翻す。亮平も慌てて後に続いた。助手席の足元に富蔵さんを乗せ、犬の入った段ボールは膝の上に抱えた。

「富蔵さんて、その猫のことか。お前がつけたのか?」

車に乗るとまず、古河は言った。

「はい。何となく意味はないんですけど。富蔵さん、て感じだったから」

ね、と足元を見る。鞄からそっと顔をのぞかせていた富蔵さんは、ニャ、と短く鳴いた。

「えらく懐いてるな」

運転席から横目で富蔵さんを見る古河は、優しい顔をしていた。犬を飼っていたと言ったが、猫も好きなのかもしれない。

「最初から、こんな風に人懐っこかったんです。古河さんは、猫を飼ったことあるんですか」

「正治だ」

「え?」

問いかけの内容とは異なる答えが返ってきて、戸惑うと、男は名前を繰り返した。

「正しいに、サンズイの台と書いて、正治。そういえば、自己紹介をしていなかったと思ってな」

視線で促され、亮平も「大杉亮平です」と名乗った。

「プラチナ・ジムというところで、インストラクターをやってます」

「ああ。そんなこと言ってたな。インストラクターは、長いのか？」

自分はいつ、素性を明かしたのだったか考えて、昨夜の情事を思い出す。挿入した直後に、そんなことを聞かれたのだった。

「えっと、専門を卒業して、三年目です」

顔が一人でに赤くなる。うつむいて答えたが、古河はさして興味もないようだった。「ってことは、二十三？」と、気のない口調で聞き返す。

「はい。あ、あの、古河さんは」

「正治」

短い声に遮られた。

「名前でいい。苗字《みょうじ》で呼ばれるのは、あまり好きじゃないんだ。ちなみに俺は三十六」

「そうなんですか。あ、じゃあ……正治さん」

おずおずと呼ぶと、男はふっと笑った。

「正治さんは、お仕事は何をされてるんですか」

着ているものも車も、シンプルだがさりげなく金がかかっていそうだ。家で仕事をしていると言ったが、想像がつかない。身体つきは大きく逞《たくま》しく、肉体労働も難なくできそうだが、亮平に触れた手は傷一つない柔らかなものだった。男の醸す泰然とした雰囲気は、どこにも帰属していない自由なものに感じられる。

「さあ、何だろうな。……色々だよ」

亮平の推測を、男は意地悪くかわす。答えのないまま、車は次の動物病院へと辿り着いた。

『山川《やまかわ》動物病院』という看板がかかった今度の病院は、前と同じくらいの規模だったが、正治の幼馴染《おさななじみ》だという獣医は、明るく感じのいい男だった。

傷ついた犬を見て、山川という獣医は痛ましそうに顔をしかめたが、それでもできる限りのことはすると約束してくれた。

検査の前にざっと診察をしてわかったのは、犬がまだ、生後数か月の子犬だということだった。犬種はわからないが、おそらく雑種ではないかとのこと。有刺鉄線が巻かれていた傷はそれほど深くはなく、かわりに全身が重度の皮膚病に侵されていた。

富蔵さんは、前足以外は至って健康とのことだった。その足も骨折したのではなく、爪が一本抜けてしまい、そこが化膿《かのう》して腫れているのだという。

先の獣医とは全く診立ても異なり、また手術代を払わされたのに、手術の痕跡もない。腹が立ったが、怒りよりも、正治に出会わず二匹ともあの病院に入れたままだったら……と考えると、ぞっとした。

二匹の検査に時間がかかるというので、亮平たちは先に正治の家へ荷物を置きに行くことにした。

正治の家は、山川動物病院のすぐ近くだった。徒歩でも十分とかからないだろう。辺りは都内でも有数の高級住宅地で、大きな邸宅が並んでいる。亮平がぼんやりと車窓を眺めていると、車は通りの袋小路の先の、古い西洋風の鉄門の前で止まった。

背の低い、作りの凝った鉄柵がぐるりと敷地を囲み、その内側に視界を阻むように木々が鬱蒼と茂っている。奥の方に、赤い屋根の建物がちらりと見えた。入り口の門は古めかしく見えたが現代的で、正治がどこかのスイッチを押すと自動で開く。門の内側にカーポートが作られていて、車はその中へ滑り込んだ。

「ここ、ですか」

車を降り、赤い屋根の建物を見上げて、亮平はぽかんと口を開けた。赤い屋根の建物は、白い塗り壁の、古く時代がかった西洋館だった。西洋風、ではない。文化遺産にもなりそうな凝った建築物だ。

一戸建てとは聞いていたが、あまりに予想外でびっくりする。

「古いだろ。建ったのは昭和初期だ。上手い具合に戦災からも免れて、どうにか建ってる。けどあちこち手は入れてるから、中は普通に住めるよ」

「ご家族もいらっしゃるんですか」

てっきり一人暮らしだと思っていたから、亮平は少し怯んだ。こんな胡散臭い形《なり》の男が居候なんて、家族はびっくりするのではないだろうか。

しかし亮平の問いに、正治は唇の端を歪《ゆが》めて軽く笑った。

「遠慮しなくていい。今は、俺一人だ」

ということは、以前は同居する者があったのだろう。しかし男の皮肉っぽい笑みからは拒絶が窺えて、それ以上は何も聞けなかった。

車から降ろした荷物を抱えて、中に入る。正治が言った通り、中は改装が施されているようで、外観ほどの古さは感じられなかった。

ただ、広くて掃除が行き届かないのか、埃っぽく、まるで空家のような雰囲気がある。古い建築のせいか、玄関から続く板間の廊下は、日中でも薄暗い。いくつも並ぶドアを素通りし、最初に通されたのはどうやら居間のようだった。

南向きで窓は大きく取られており、明るい日差しが降り注ぐのに、ほっとする。正治が普段過ごす場所なのだろう、すっきりと片づけられていて、生活感があった。

「キッチンは隣。風呂場は一階の北側、トイレは二階と一階に一つずつある。玄関入ってすぐ左が俺の書斎、二階の廊下の突き当たりが寝室だ。それ以外の部屋を使ってくれ」

「それ以外って」

大雑把すぎて戸惑う。だが正治は、「どこでも、気に入った部屋を使えばいい」と返した。

「もっとも、ほとんどの部屋は物置になってるけどな。部屋の中にあるものは、適当に移し替えてくれて構わない」

本当に、どうでもいいと思っている口調だった。素性は知られているとはいえ、昨日今日、出会ったばかりの男に、あまりにも無防備に思える。亮平が悪い人間だったら、どうするのだろう。

家主に好きにしていい、と言われても、好き勝手にうろつき回るのは気が引ける。荷物を抱えたまま立ち尽くしていると、正治は少し呆れたようにため息をついた。

「お前、威勢がいいのは見てくれだけなのか。家主が好きにしていいって言ってんだから、いいんだよ」

そう言われても、これが性分なのだ。答えに詰まっていると、「しょうがねえな」と言いながら、居間の隣にある一室へ案内してくれた。日当たりのいい、がらんとしたフローリングの部屋だった。物はほとんどなく、白い壁にいくつか絵が飾られているだけだ。

「掃除すれば、持って来た布団も敷けるだろ。ちょっと狭いけどな」

亮平は首を横に振った。狭くなんかない。亮平が住んでいたアパートより広いし、綺麗だった。犬猫を引き取ってもらった上に、居候をしていいなんて、本当に神様みたいだ。

「あの、本当に何から何まで、ありがとうございます。なるべく早く引っ越します」

改めて頭を下げると、「ああ、そういうのはいい」と、面倒臭そうに言われた。

「慰謝料代わりだと思ってくれ」

「あ、でももう、これは」

亮平を殴ったことを言っているのだと思い、自分の頰を撫でた。もう腫れも引いている。

「いや、そっちもあるが。どっちかっていうと、昨日の詫《わ》びだ。勘違いしていたとはいえ、お前の処女を食っちまったんだからな」

「しょ、処女って……そんな」

確かに初めてだった。取り立てて大切にしていたわけでもなく、単に機会に恵まれなかっただけなのに、そんな風に言われると恥ずかしい。

正治も口にしてから、気まずそうな顔をした。

「昨日は悪かったな。自分の恋人を横からかっ攫《さら》っていった奴が、目の前でウリなんか始めるもんだから、頭に血が上ったんだ」

「俺も……誤解だってわかってて、解きませんでしたし」

しどろもどろに返すと、正治は少し笑った。

「まあともかく、ここでしばらく暮らすんだ。妙な遠慮はなしにしようや」

「は、はい」

そうだ、せっかく正治の厚意で居候させてもらうことになったのだ。こちらが硬くなっていたら、相手も気詰まりだろう。
負い目があると正治は言ったが、慰謝料ならば、あの時ただ、金を払って別れていればよかった。その方がずっと面倒がないし、金がかからない。

いい人なのだな、と亮平は感心した。因縁の相手なのに、優しく抱いてくれて、面倒なことを一切合切引き受けてくれた。自分が彼の立場だったら、とてもそんな風にはできない。

この数日、困ったことばかり続いたけれど、最後にこうして正治と出会えたことで、救われた気がする。

亮平は現金にも、そんな風に思っていた。

それから数日は、めまぐるしく忙しかった。

富蔵さんはその日のうちに病院から返されて、二人と一匹の生活がスタートした。これに犬が加わるのは、もう少し先だという。

犬は心配だったが、富蔵さんはほとんど問題なかった。亮平が仕事に行っている間に、正治が猫用のトイレやキャットフードなどを買い揃えてくれて、一日目、亮平が帰宅するとすでに、富蔵さんは居間のソファの上で我が物顔で寝そべっていた。

正治にも良く懐いている。たぶん、餌をくれそうな人には積極的に懐くのだろう。正治の方も、「不細工な猫だな」などと言いながら、可愛がっているようだった。富蔵さんの名前は、「富蔵」のままでいいらしい。

亮平の休みの日に、また正治が車を出してくれて、一緒に引っ越しを終わらせた。大家には不動産屋を介して、事前に退去を申し出ていた。

退去の日には、先日も顔を合わせた仲介の不動産屋が立ち会った。破損や汚れがないかを相互に確認するためなのだが、不動産屋も大家からの話を聞いて、亮平を問題視していたらしい。いざ亮平の部屋に入ると、状態が予想以上に綺麗だったことに驚いていた。

それでも、以前からある細かい傷を見つけて指摘するのを、正治が前に出てくれた。

「この程度は、普通に生活していたらつくでしょう。大家さんが言われていた、喫煙の跡もない。若い男性が三年暮らしたにしては、綺麗な方じゃないですか。彼から話を聞いたが、大家さんが退去を迫った話、言いがかり同然だと思いますがね」

同伴してきた男の冷ややかな物言いに、不動産屋は怯んだ様子だった。さらに正治は、念のためだからと、亮平に携帯電話のカメラで室内の写真を撮らせた。

その後、三人で不動産屋の店舗に行き、必要な書類を書いて、手続きは完了だった。

「メシでも食いにいくか」

最後の荷物を運び終える頃には夕方になっていて、家に戻ると正治は言った。

居候を始めてから数日、亮平は外で食事を済ませていた。正治は勝手に使っていいと言ったけれど、まだ人の家のキッチンを使うのは、気後れしたからだ。

正治の生活サイクルは謎だった。ほとんど顔を合わせない。朝は寝ているようだし、亮平が仕事から帰ってきても、大抵は書斎にこもっていた。職業も相変わらず不明だ。

居間で顔を合わせることすらほとんどなくて、少し寂しいと感じていたから、正治の申し出は嬉しかった。

「あの、俺に奢らせてください。引っ越しを手伝ってもらいましたし」

あまり高い店では無理だが、何から何まで世話になっている。これくらいはしたい。言うと正治は、「お前は馬鹿か」と呆れた顔をする。

「金貯めてるんだろ。俺の奢りだ。余計な金は遣うな」

「でも」

「お前の懐を気にしながら食ったって、美味《うま》くない。黙って奢られとけ」

正治の言葉はもっともで、それ以上食い下がることはできなかった。それに、言い方は乱暴だが、亮平のことを考えてくれている。

「あ、ありがとうございます」

いい人だなと改めて思う。頭を下げると、正治はやや鼻白んだ。

「大げさな奴だな。別に年長者が飯を奢るくらい、普通だろ。翔一なんか、もっと図々しかったぞ」

翔一、という名前に亮平はハッとする。正治も口にしてから気づいたようだった。

「……悪い」

「えっ、いえ」

気まずい雰囲気になりかけたのを、正治が、「さっさと出かけよう」と促して、空気が元に戻った。

翔一の名は、二人の間では禁句だ。そもそもの出会った経緯を思い出してしまう。それはどちらにとっても、楽しくないことだった。

富蔵さんに留守番を頼み……彼は、居間に置かれた猫ベッドで大の字になっていた……食事に出かけた。

「酒を飲みたいから、徒歩圏内でいいか?」

亮平にとっては、引っ越してから初めての外食だ。通勤で駅までの道は往復しているが、家の近くを歩いて回るのも初めてだった。

以前に住んでいた街とは違う、のんびりとした空気に少しワクワクする。新しい場所に行くのは、いつも楽しい。

店はお任せしますと言うと、正治は駅の近くにある小さな焼き鳥屋に入った。高級住宅街にあるとは思えない、屋台に毛が生えたような、言っては悪いが汚い店だ。

常連らしく、店主は正治を見るなり「おう」と気易い声をかけた。正治も軽く会釈をして、店の奥にある小さな二人掛けの椅子に座る。時間が早いせいか、店内の客はまだ、正治と亮平だけだった。飲み物の注文をするとすぐ、酒が出てくる。

「犬の名前を考えないとな」

コップに注《つ》がれた冷や酒を飲みながら、正治が話の接ぎ穂を探すように、そんなことを言った。

「いつまでも『犬』じゃ、可哀想《かわいそう》だろう。お前、何か考えてないのか」

「えっ俺？　いいえ、特には」

正治が飼い主になったのだから、こちらが考えることではないと思っていた。

「前に飼ってた犬。なんていうんですか」

何も考えていない、というとそこで話が終わってしまうので、会話のキャッチボールをすべく、亮平も頑張ってみる。なのに正治は、振られた話題に顔をしかめた。

本人に悪気はないのかもしれないが、正治の表情は怒っているようで、いちいち怖い。

「……タラオ」

やがて、ぼそりと言う。良く聞こえなかったので、えっ、と聞き返すと、「タラちゃんだよ」と恥ずかしそうに言った。どういうネーミングなんだと思わず笑ったら、即座に睨まれた。

「うちの祖父が拾って来て、妹が付けたんだ。俺たちの弟で末っ子だからタラちゃん、て。

サザエさんちのタラちゃんは末っ子じゃなくて長男だって、俺は説明したんだけどな」

まだ子供の頃の話だろう。兄と妹のエピソードが微笑ましい。

「妹さんがいるんですね」

「いや、もういない。あいつが十八だから、俺が二十二の時か。病気で亡くなったんだ。その数年後に祖父も他界して。タラオと……いや、犬のお蔭でずいぶん救われたよ。だから犬が死んだ時は辛《つら》かった」

思ってもみなかった話に、返す言葉がなかった。そんな亮平を見て、正治は意外そうな顔をする。

「翔一から、俺のことは何も聞いてないのか？」

「いえ、特に何も」

名前すら教えられていなかったのだ。

「それもそうか。前の男のことなんか、彼氏に話さないよな。いや、あの家は独身の男が一人住むには似合わないだろ。家に来た奴らはみんな、あれこれ聞きたがるからさ」

なのに亮平は聞かなかった。だからてっきり、翔一から聞いているのだと思ったという。

「俺も最初に聞きましたよ。仕事は何してるのかって。でもはぐらかされたから、あまり詮索しない方がいいのかなって」

「お前って本当に、見かけによらないな」

鳥モツ煮
五〇〇
チーズ
角
ハイボール
肝焼
つくね焼
三〇〇

目を細めて笑う正治に、どういう意味かと口を開きかけたが、その時、店主が先付けの料理をいくつか持って来たので、会話が中断した。

亮平に皿を勧め、自分も箸《はし》を取りながら正治は再び口を開いた。

「あれはもともと、祖父の家なんだ。子供の頃に両親がいっぺんに亡くなって、妹と祖父に引き取られた。……色々あったが、気に入ってて手放したくない。それでずっと、あそこに住んでる」

色々、と言った正治の表情にわずかだが、悲しい色を感じた。最初に会った時、亮平を殴った時に見た色だ。悲しい思いを沢山したから、彼はこんな風に優しいのかもしれない。

そんなことを考えたら涙腺が緩みそうになって、亮平は慌ててビールを飲んだ。

「亮平の生まれはどこだ？」

正治の声が柔らかいのは、亮平の内心を察していたからかもしれない。

「えっと新潟です。生まれたのは小千谷ってところで」

「ああ、大きな花火大会があるところだよな。じゃあ、新潟の震災で大変だったんじゃないのか」

「いえ、地震より前に父が亡くなって。それで県内の祖母の家に母と引っ越したんで、それほど被害は受けてないんです。あ、祖母と母は元気で、今も実家に暮らしてます」

父がいなくなって、年金暮らしの祖母と、父が亡くなるまで働いた経験のなかった母と三人。経済的には決して豊かではなかったし、大人たちは大変だったと思うが、亮平自身は穏やかに育った。

「こっちには就職で？」

「いえ、進学するためです。元々、スポーツトレーナーになりたかったんです。俺、小学校からバスケやってたんですけど、高校でアキレス腱《けん》を二回切って、治療してる間に引退になっちゃって」

高校はスポーツの強豪などではない、ごく普通の公立高校だったし、プロになれると思っていたわけではないけれど、子供の頃から打ち込んできたものだったから、がっくりきた。でも身体を動かすことが好きだったし、今までやってきたことが無駄だと思いたくなかった。就職と進学とで悩み、最終的には祖母と母に背中を押されて、進学を選んだ。

「それでジムのインストラクターか」

正治は出てきた焼き鳥を齧《かじ》りながら、相槌を打つ。

この男が物を食べるところを見るのは、実を言えば初めて抱かれた翌日に、一緒に朝食を食べて以来だった。動作が大きく豪快なようでいて、その所作は行儀よく、見ていて気持ちがいい。時おり唇から舌が覗くのに、亮平はどきりとした。

「酔ったのか？」

赤くなった顔を焼き鳥を食べて誤魔化していると、向かいから覗き込まれた。慌てて首を横に振る。

「や、焼き鳥が美味しくて」

言い訳ではなく、本当に美味しかった。外は香ばしく、中はふんわりと柔らかい。亮平が言うと、正治は「そうだろ？」と少し得意げに言った。

「育ち盛りの頃はよく、学校帰りにここで串を買って帰ったな。ところで不思議だったんだが、スポーツインストラクターで、その派手な髪はありなのか？」

「うちのジムは服装の規定が緩いんです。あの、今日の格好、おかしいですか？」

正治がいつになくじろじろと眺めてくる。ファッションセンスに自信のない亮平は、急に不安になった。

日中はトレーナーとジーンズだったが、引っ越しで汚れたし、正治と出かけるということで、お洒落《しゃれ》めな服に着替えたのだ。ただし今日のコーディネイトは友達から教えられたものではなく、自分で考えたものだったから、どこか変なのかもしれない。

「いや別におかしくねえよ。いつもより地味だなってくらいで。いや、いつものも良く似合ってるんだがな」

「胡散臭いって言いたいんでしょ」

普段、物事ははっきり言う正治が、珍しく口ごもるので、亮平は自分から言った。恨めし気に睨むと、向かいの男は苦笑する。

「正直に言えばな。最初に会った時は、チャラそうな男だと思ったよ。翔一の奴、顔だけで選びやがったなって」

この男の口から翔一の名前が出ると、いつもぎくりとする。鳩尾《みぞおち》のあたりがモヤモヤとして、苦しい気分になった。

亮平が黙って焼き鳥に齧りつくのを、むくれたのだと思ったのだろうか、正治は優しい笑みを浮かべる。

「中身は、びっくりするくらい好青年だけどな。顔がなまじ綺麗だから、チャラく見えるんだろう。その髪も服も、よく似合ってる。ちょっと付き合えば、お前が悪い奴じゃないことはわかるさ。外だけ見て誤解するやつのことは、気にすることはねえよ」

俺もたいがい胡散臭いしな、と冗談めかして言う男を、亮平はついまじまじと見返してしまった。

似合ってる、気にしなくていい。そんな風に言われたのは初めてで、とても嬉しかった。軽薄に見られるスタイルは、決して亮平自身の好みではなかったが、それでも嫌いなわけではなかった。

「この髪や服は、友達にしてもらってるんです」

頭の形、顔や身体のバランスを考えて、友達が亮平のために作り出したスタイルだ。良く似合っていると自分でも思う。なのに、胸を張れない自分が嫌だった。

「いい友達じゃないか」

ルームシェアをしていた友人の話をすると、正治はそう言ってくれた。嬉しい。

(やばいよ。本気で好きになっちゃいそうだよ……)

最初から好みの外見で、困ってどうしようもない時に助けてくれた。今も、亮平が欲しい言葉をくれる。

(どうしよう。告白なんかしたら、迷惑だろうし)

好きという気持ちが、花が咲くように胸の中に広がっていく。相手の迷惑以前に、問題があることを思い出したのは、美味しい料理で腹がくちくなり、店を出てからのことだった。

「そういやお前。うちに来てから、翔一とちゃんと会ってないんじゃないのか」

「え……あ」

並んで歩きながら、不意に尋ねられ、亮平はさっと酔いが冷めるのを感じた。

「それは、その」

どうして告白なんて、一瞬でも考えたのだろう。亮平は正治に真実を告げないまま、今も彼を騙しているのに。

こちらの顔色が変わったのを見て、正治は困ったように息を吐いた。

「やっぱりな。ずっと気になってたんだよ。お前、仕事が終わったらいつも真っ直ぐ帰ってくるだろう」

付き合いたてだというのに、ろくに翔一とデートもしていないのではないか、と気になっていたのだという。

「お前のことだ。俺に気兼ねしてんじゃないかと思ってな。おかしな遠慮はするなよ。これで今度は、お前が振られることになったら、寝覚めが悪い」

そんなことを心配していたのだ。亮平はびっくりした。恋敵の心配までするなんて、この男はどこまでお人よしなのか。けれど、そんな彼だからこそ、亮平は助けられた。

「俺、俺は……」

本当のことを言ってしまいたい。ごめんなさい、と謝るのもおこがましい気がして、唇を噛む。と、横からぺしっと軽く頭をはたかれた。

「だからそんな、申し訳なさそうな顔するなって。こっちも翔一のことは、いつまでも引きずってねえよ」

「正治さん」

「けどまあ、俺の家にいることはともかく、あの夜のことは言わない方がいいだろうな」

あの夜、正治に抱かれたこと。この人に、自分は抱いてもらったのだ。優しい愛撫と、男の身体の熱を思い出し、亮平はぶんぶんと記憶を追い出すように首を横に振った。

「言いません」

くすっと隣から笑い声がする。亮平はあえて、相手を見なかった。正治の顔を見たら、気持ちが溢《あふ》れてしまいそうだったから。

「――犬の名前、考えないとな。お前も考えろよ」

こくっと声もなくうなずく亮平の頭を、正治はもう一度、じゃれるように軽く叩いた。

正治に本当のことを言わなければ。

二人で食事に出かけてから、亮平は強く決意をしたのだが、こちらが打ち明ける前に、真実は偶然によって、正治の知るところとなった。

正治の家で居候を始めて、一月近く経《た》った頃、仕事をしていた亮平の携帯に、帰りに食事をしないかと正治からメールが入った。

『仕事で職場の近くまで来てる。良かったら、帰りに食事をしないか』

亮平は浮かれた気持ちで、すぐに了承のメールを返した。

(今日は、何の仕事だったんだろう)

謎めいていた正治の仕事について、あれからもう一度尋ねてみたら、今度はきちんと教えてくれた。けれど本当に色々で、一言では言い表せない。

「一つは不動産業。これは副業というか、祖父から受け継いだもの。あとはざっくり言って、美術品の鑑定なんかをやってる」

　というのが、正治の職業の概略だった。これは亮平が山川から聞いた話だが、古河家というのは、古くからこの一帯に住む土地持ちだったのだそうだ。

　その土地を売ったり、ビルを建てたりして、正治の祖父の代で不動産業の会社にし、祖父の亡くなった後、正治がそれを引き継いだ。会社の業務は主にテナントやマンションの賃貸なので、オーナーの仕事はあまりない。

　主たる生業の美術品鑑定も、これまた祖父から受け継いだものらしい。こちらは山川も詳しく知らないので聞けなかったが、正治の曽祖父が金持ちの道楽で骨董《こっとう》にはまり、また非常に目利きでもあったので、それから古美術商を始めることにもなったのだとか。

　正治は祖父に古い美術品の知識を教わり、大学では造形や美術史を学んだ。祖父の店を引き継ぐ傍ら研究も続けていて、今は週に二回、都内の大学で美術史を教えている。専門の著書が数冊あり、時々、雑誌にも執筆している。

　正治から、肩書きの違う名刺を何枚かもらった。

「色々ありすぎて、どこぞの山師みたいだろ。怪しまれるんで、人にはあまり、全部話さないようにしてる」

　それを亮平に告げたのだから、少しは気心が知れたのかもしれない。浮かれていたが、その後も二人の生活サイクルは相変わらず、すれ違ったままだった。

亮平の休みの日以外、二人がきちんと顔を合わせることはなかった。複数の仕事を持つ正治は、やはり忙しいのだろう。けれど亮平の休みには都合をつけてくれて、二人で動物病院に犬の様子を見に行った。電話でも数日おきに様子を聞いているが、犬はある時期を境に急速に回復していた。

「緊張が解けたせいかね」

山川も感心していた。犬は虐待のせいかやはり怯えていて、少し動けるようになっても、なかなか自分から食事をしなかった。

食欲の不振が回復を妨げていたのだが、試しに富蔵さんを近づけてみたところ、母親を見つけたようにキュンキュンと擦り寄った。富蔵さんも母猫のように犬を舐め、唖然《あぜん》とする正治と亮平に、山川がしばらく富蔵さんを預からせてくれと申し出たのだった。

それで富蔵さんは今、介護猫として犬に付き添っている。富蔵さんが傍《そば》にいると犬は安心するようで、食事も食べられるようになった。回復は順調で、もう少し体重が増えたら退院できそうだ。

「富蔵は、虐待していた奴からクロをかばったのかもしれないな」

正治がそんなことを言っていた。亮平もそうではないかと思う。ちなみに、犬の名前はあっさりクロになった。山川が世話をする便宜上、クロという仮名をつけて呼んでいて、それが定着したのだ。毛並みが黒いので、クロ。恐らく、ドーベルマン・ピンシャーかその雑種ではないかと山川は言っていた。

健康の心配は少なくなったが、クロが退院したら、新しい飼い主に慣れるまでは時間がかかるだろう、という話だった。

正治はそれも覚悟している。犬が慣れるまで、家にいて手伝ってくれと言われて、亮平は嬉しかった。

「亮平！　悪い、遅くなった」

待ち合わせの場所で、ぼんやりと目の前の雑踏を眺めながら立っていると、少し離れた場所から正治がこちらを見つけて、足早に近づいてきた。

月が変わってぐんと暖かくなり、今日の正治はチノパンツに襟付きのシャツだけだった。不動産会社の仕事ではスーツを着ていくし、今日は大学の授業の日ではない。美術商の仕事だったのだろうと、亮平は勝手に推測した。

「こっちが誘ったのに、悪いな。仕事が長引いちまって」

「大丈夫です。そんなに待ってないし」

デートの待ち合わせみたいで楽しかった、という感想は心の内にとどめておく。

正治にメールをもらってから、勤務中は浮かれっぱなしで、客にまで「何かいいことあったんでしょ」と冷やかされてしまった。

「美味いステーキハウスがあるんだ。肉が好きだって言ってただろ」

こっち、と正治が促して、二人で歩き出す。隣に並んだ正治からふと、風呂上がりのようなボディソープの香りがした。

家のものとは違う香りだ。仕事帰りのはずなのに、と訝しく思う。一瞬、仕事というのは嘘で、誰かと会っていたのではないかと邪推したが、そもそも正治には、亮平に嘘をつく理由がない。亮平はただの居候なのだから。

それでも、ただの居候には分不相応な扱いを正治はしてくれる。彼が連れて行ってくれたステーキハウスは、とても美味しかった。

「シャトーブリアンなんて、名前しか聞いたことなかった。すごく柔らかくて美味しかったです」

上等の肉と美味しいワインを堪能して、店を出た亮平は気持ちのいいほろ酔い気分だった。

「そりゃよかった。けど、俺も年だなあ。昔ほど肉が食えなくなった」

亮平と同じだけ食べた正治は、そうぼやいて腹をさすった。

「腹ごなしにもう一軒、軽く飲みに行ってもいいか?」

相手の申し出に、亮平の心が浮き立つ。このまま帰りたくないなと思っていたのだ。

「は、はい。俺、明日は遅番だし」

じゃあこっち、と正治が踵を返す。都内一の繁華街は正治のテリトリーなのか、迷うことなく裏路地を抜けていく。途中、ホテル街を通るので少し気まずかったが、正治はそんな亮平に気づいたのか、「こっちが近道なんだよ」と、何とも思っていない声で言った。

「正治さん、何かスポーツやってるんですか」

「ジムに通ってる。お前んとこのチェーンじゃなくて悪いけどな」

ゆっくり歩きながら、気を逸らすために何ということもない会話をする。亮平には周りの景色など見えていなくて、だから正治が突然足を止めた時も、理由などわからなかった。

「正治さん？」

目線を上げて隣を見ると、正治は驚いた顔で正面を見ていた。奥まったラブホテルからカップルが一組、通行人から目を逸らすように出てくるところだった。

もしかして正治の知り合いなのだろうか、と亮平もそちらを見て、ぎょっとした。カップルの片方が、翔一だったからだ。隣の男性は見覚えがないが、きっと本命なのだろう。

（何でよりによって、こんな時に）

他の、例えばゲイバーで出くわしたのなら、まだもう少し言い訳のしようがあったのに。

「あ……」

翔一の隣の男が、立ち止まる男二人を訝しげに見て、それに翔一が気づいて顔を上げた。こちらを見て、息を飲む。正治の顔が険しくなった。

「翔一。てめえ、どういうことだ。この男は何だよ」

ずかずかと近づいてくる正治に、翔一は怯えたように後退り、隣の男が庇《かば》うように前に出た。

「何ですか、あなたは」

「お前こそ誰だよ、間男」

正治の言葉に、男の顔が強張《こわば》る。翔一が正治を睨んだ。

「間男なんかじゃない。この人は僕の恋人。あんたには関係ないでしょ」

「……てめえ、殴るぞ」

ぐっと拳を握る。亮平は彼に殴られた時の痛みを思い出し、慌てて正治の背中に飛びついた。

「待って。正治さん、違う」

「えっ嘘、亮平？」

暗闇で気づかなかったのか、翔一は現れた亮平に驚いていた。何で二人が……と呟くのが聞こえる。だが彼に対する説明は、二の次だった。

「俺っ、俺じゃないんです」

「ああ？　何言ってんだ」

「俺は翔一の、恋人じゃないんです」

縋りついた背中が揺れる。振り向いた正治の表情が怖くて、亮平は泣きたくなった。

チッ、と正治が小さく舌打ちするのが聞こえた。

「帰るぞ」

言うなり大きな手が、亮平の手首を掴んだ。そのまま引きずるようにして、今来た道を戻ろうとする。翔一たちを振り返る暇もなかった。

大きな通りに出ると、正治はタクシーを拾って自宅に向かった。

「あの」

「黙ってろ。言い訳は、家に帰ってから聞く」

窓の外を向いたまま、正治はそれきり一言も発せず、亮平は生きた心地のしないまま家に戻ってきた。

居間に行き、亮平をソファに座らせると、正治はキッチンにグラスとウイスキーのボトルを取って戻ってきた。ストレートの酒を二つのグラスに注ぎ、片方を亮平の前に差し出す。いりません、と言うこともできず、亮平は黙って頭を下げた。正治は立ったまま、ぐっと酒を呷る。

「で。どういうことだ。二人して、俺のことを馬鹿にしてたのか」

「違います。翔一に頼まれて」

もう、本当のことを話す以外になかった。腹を括《くく》り、最初から何もかもを打ち明けた。

亮平の言葉を、正治は何も言わずに聞いていた。話が終わってからも、口を開かない。正治のグラスの中身が空になり、彼は苛立たしげに煙草を取り出すと、火を点けた。

「じゃあ、お前と翔一は、恋人でもセフレでもない、ただの友達だっていうのか」

ようやく出てきた声に何度もこくこくとうなずいた。だがすぐに過去を思い出し、「あ、でも」と顔を上げた。

「何だ」

睨んでくる男が怖い。しかし黙っているのは卑怯《ひきょう》に思えて、おずおずと口を開いた。

「一度だけ。筆下ろししてもらったことが」

正治が目をむいたので、ごめんなさいと謝った。

「筆下ろしぃ？　いつの話だ」

「出会った頃だから……四年くらい前です」

「はあ？　俺とあいつが知り合う前じゃねえか。っていうか、やっぱりお前と兄弟かよ」

「す、すみません」

「だから、どうしてそこで謝る」

「ごめ……」

うつむくと、深いため息が聞こえた。顔を上げるのが怖くて、出されたグラスを握る。相手が近づいてくる気配がして、身を固める。正治は亮平の隣にどさっと乱暴に腰を下ろし、大きく紫煙を吐いた。

「あいつ。やっぱり殴っとけばよかったな」

物騒な声に、思わずぴくっと肩が揺れてしまった。ごめんなさい、と謝罪の言葉が口をついて出そうになる。

「謝るな」

ぴしゃりと言い、その言葉が自分でもきついと思ったのか、正治は煙草を苛立たしげに吸いながら「お前には怒ってない」と、言い直した。

「大体、何も悪くないだろう、お前は。友達に片棒担がされて、俺に殴られて。災難だったな」

声が段々、優しくなってくる。正治は怒っていない。嫌われたのではなかった。安堵《あんど》して、そうしたらなぜだかほろりと、涙がこぼれた。

「おい。怒ってないって言ってるんだぞ」

「ち、違……これは、ホッとして。俺、ずっと正治さんに嘘ついてたから、申し訳なくて」

こんなに良くしてくれるのに、ずっと騙し続けているのが苦しかった。きっと真実を告げたら怒って嫌われてしまう。今は何よりも、正治に嫌われることが一番恐ろしかった。

どうして嫌われたくないのか。それはもう決まっている。けれど、それを正治に言うことはできない。

「馬鹿だな」

呆れたような声がして、煙草の香りのする指が亮平の目元を優しく拭った。

「お前がいっつも申し訳なさそうにこっちを見てたのは、そういうわけか。……お人よしめ」

「正治さんほどじゃ、ないです」

ぼそっと言うと、「ああ?」と凄まれたが、もう怖くなかった。

「正治さんが俺を殴った時、悲しい顔をしてたのが、忘れられなかった。傷つけたんだなって後悔してたんです。なのに翔一のために俺のこと拾って、好みでもないのに金払って……抱いたりして」

「そんなに自分を卑下するなよ。確かにまあ、あの時はやけっぱちだったけどな。結果は悪くなかったぜ。それに、お前に心配されるほど傷ついてはいないんだ。慣れてるんだよ。ああいう男に振り回されるのはな」

最後の声が、不意に暗く寂しく聞こえた。はっとして顔を上げると、男は想像に反して穏やかな表情をしていた。

「ああいうタイプの男に、昔から弱いんだよ」

自嘲する男の言葉に、我知らず胸が痛んだ。正治の過去の男たちは、きっとみんな、翔一にどこか似ているのだろう。

(期待なんかしてないのに)

今さら悲しいと思う、自分が滑稽だった。

「お前の方はどうなんだ」

「え?」

「俺が初めてってことは、タチ専だったんだろ。あれから、大丈夫なのか」

正治はずっと、亮平が行き掛かり上、仕方なく抱かれたと思っていたらしい。優しく抱い

てもらったから、身体に傷なんてつくはずがなかった。正治が心配しているのは、亮平の心のことだ。きゅうっと胸が詰まった。

「大丈夫です、全然。気持ちよかった、から」

口にしてから、何を言ってるんだろうと恥ずかしくなる。隣から、くすっと笑い声が上がった。

「はは……そうか。気持ちよかったか」

耳触りのいい低い声が、いつも以上に蠱惑《こわく》的に聞こえて、ぞくりとする。振り向くと、正治と目が合った。

（……捕まった）

その目を見て思う。物騒で、艶めいた視線が亮平を射抜いていた。先ほど亮平の涙を拭った骨太の指が、今度は戯れのように耳の上の髪を一筋、撫でる。

「ん……」

ぞくん、と肌が粟立って、甘い声が漏れてしまった。ぱっと口を噤《つぐ》むと、正治は楽しそうに笑みを深める。その微笑みがまた男臭く色っぽくて、いかにも遊び人めいて見えた。

「俺、本当はネコなんです。でも、機会がなくて。だから、ラッキーでした」

「ラッキーって、お前」

くく、と楽しそうに笑う。駆け引きめいた空気だった。亮平もその先の期待があったから、抱かれたい側なのだと打ち明けた。そしてその期待を、もちろん正治もわかっている。

端整な顔が近づいてきて、煙草の香りのする唇が掠《かす》めるのを、亮平は黙って受け止めた。

「明日、遅番だって言ってたよな」

「……はい」

「じゃあ、もう一回。やってみるか」

柔らかな手のひらが、亮平の首筋を撫でる。気持ちの良さにため息が出て、黙ってうなずくと、男は楽しそうに笑った。


それから二人は、交替でシャワーを浴びた。正治から「一緒に入るか」と、冗談交じりに言われたが、亮平にはまだそんな余裕はなかった。

一度だけでも幸運だったのに、また正治に抱いてもらえる。嬉しいような怖いような、少し悲しい気持ちだった。

どうして正治が、また自分を抱く気になったのかわからない。彼は遊んでいる人だと翔一も言っていたから、恐らくはそうした楽しみの一つなのだろう。

いつもとは違うタイプの男を抱いてみたくなったのか、それとも、やっぱり翔一のことに傷ついていて、誰でもいいから抱き合いたい気分になったのか。

どういうつもりにせよ、亮平は理由を尋ねるつもりはなかった。ただこの幸運を逃したくない。

先に正治がシャワーを浴び、亮平が交替で風呂場に入って出てくると、正治は二階にある自分の寝室へ亮平を誘った。

最初にこの家に来た時、案内されて以来、二階にはほとんど足を踏み入れたことがなかった。与えられた部屋と風呂場とトイレ、それにお湯を沸かしたり、冷蔵庫を使わせてもらうのにキッチンを行き来する他は、あまり立ち入らないようにしていた。

二階の廊下の突き当たりまで、二人で無言のまま向かう。正治の寝室に入るのは、これが初めてだ。

部屋は広かった。一階のリビングと同じくらいの広さがある。元々、主寝室として作られたのだろう。天井が高く、窓が大きく取られていた。

飴《あめ》色の板の間に毛足の長いラグが敷かれ、部屋の奥にキングサイズとおぼしきベッドが一つ、据えられている。

それは正治の体格から言えば、特に不思議もないサイズだったが、亮平には何となく淫靡《いんび》に感じられた。

今までこの部屋に、何人の男が入ったのだろうと、つい穿《うが》ったことを考えてしまう。

「緊張してるのか？」

隣からそっと肩を抱かれ、びくりと震えると、微かに笑って正治が言った。

「いえ、あの、少しだけ」

答えると、頬に軽くキスをされた。

「怖いか」

「怖くはな……あ」

喉笛に男の唇が当てがわれ、思わず首を仰け反らせた。戸惑う亮平のあらゆる部分に、正治は口づけを落とす。陶然とキスを受けていた亮平は、気づけばベッドの上に横たわっていた。

着ていたシャツをぺろりとめくられ、正治は胸にいくつもキスをして、軽く尖った小さな乳首を舌で転がした。

「うぁ」

「これ弄《いじ》られるの好きだろ」

「ま、待ってください、俺」

「その敬語、もうやめろよ。他人行儀だ」

この家に来てから、自慰もしていない。簡単に達してしまいそうで慌てたが、正治は意に介さなかった。ヘッドボードにずり上がって逃げようとしても、強く攻めてくる。

最初にした時は、優しいながらもどこか淡々としていたのに、今日は前回と違って強引に攻めてくる。

「そうじゃなくて、俺……や、待ってくだ……いっ」

「待たねえよ。敬語禁止な」

軽く乳首に歯を当てられ、身体が跳ねた。辛《かろ》うじて射精は免れたが、こみ上げる射精感に息が上がっていた。

だがそんな風に快感に震える亮平を、正治は楽しそうに見下ろしている。獲物をいたぶるような、どこか残忍さのある獰猛《どうもう》な目だった。少し怖くて、ゾクゾクする。

「この間も思ったが、開いてくるといい顔するよな」

「開く……？」

戸惑っていると、軽く陰嚢を握られ、その痛みに身を震わせた。

「もっと、自分の欲望に素直になれってこと。……ん？　痛いのがいいのか」

図星を指され、いたたまれなくなる。顔をそむけようとしたのを、正治が顎を摑んで制止した。

「隠すなよ。せっかく可愛い顔してんだから」

「な、そんな」

そんなわけない。過剰なリップサービスに顔を真っ赤にしていると、正治は「お前なあ」と、眉尻を下げた。

「こんだけ整った顔してるのに、何を卑下することがあるんだよ」

「だって俺、デカいしごついし。翔一みたいな、ああいう風になりたかった」

言ってから、恥ずかしくて死にたくなった。女々しい。

顔を隠すこともできず、ぎゅっと目をつぶる亮平に、正治はくすっと笑ってキスをした。

「まあ俺も、あいつに惚れてたし、昔からあの手の、男臭くないタイプが好みだな」

改めて言わなくても、わかっているのに。不貞腐れてそっぽを向くと、やはり正治は笑う。

亮平の上に乗り、ぐっと腰を擦《こす》り合わせた。

正治のペニスは完全に勃起していて、固い亀頭が亮平の裏筋を擦り上げた。

「あ、や」

「けど、そういう俺をここまで興奮させるんだ。もっと自信持っていいと思うぜ？」

腰を擦りつけながら、太い指が乳首を嬲り、耳たぶや首筋の敏感な部分にキスをされる。

「入れていいか、亮平。お前の中を思い出したら、我慢できなくなった」

掠れた声が囁く。亮平の身体は今にも弾《はじ》けそうだった。

「俺も、早くほしい」

ごくっと喉を鳴らす音がする。「やべえな」と独り言のような呟きが聞こえた。一度、身体を離した正治は、サイドボードからジェルとゴムを取り出した。

「あ、俺、自分でやるから」

またマグロになってしまう。慌てて起き上がると、正治はキスをしながらベッドへ押し戻した。

「それも見てみたいけど、俺に余裕がないからまた今度」

また今度。次があるのか、と期待してしまう。だがすぐに、濡れた指で窄まりをほじられ、思考が定まらなくなった。

「正治さん、だめ。俺、あんまりすると出ちゃうから」

繋がってイキたい。正治も目をすがめて「俺もだ」と笑った。最初の夜と同じ正常位で、足を大きく抱え上げられる。

正治は何かをこらえるように眉間に皺を寄せ、ゆっくりと亮平の中に入ってきた。

「あ、あ……っ」

襞を押し広げて入ってくる感覚に、再び射精感がこみ上げてくる。身体の上で、正治が大きくため息を漏らした。

「は……やっぱりすげえな。お前の中。あれから、何度も思い出してた」

それからゆっくりと、味わうようにペニスが抜き差しされる。固いもので内側を擦られるたび、亮平は快感に震えた。

「俺も。忘れられなくて。また抱いてほしかった」

好きとは言えないけれど、これくらいの本音は許されるはず。亮平が言葉にすると、正治は一瞬息を詰め、耐えかねたように腰を激しく穿ち始めた。

「ん、いいっ……、正治さんっ」

「ああ。俺もすぐイキそう」

熱を帯びた目が、こちらを見下ろしている。亮平が痴態を見せても、男は軽蔑したりしないのだ。

欲望に素直になれ、と言った正治の言葉を思い出す。彼の前で、欲望を抑えなくてもいいのだと気づいたら、快感はさらに大きくなった。肉襞がきゅうっと閉まる。

「おい、そんなに締めるな」

「あ、あ、だめ、気持ちいい……」

中がうねって、腰がひとりでに振れてしまう。唇が寂しくてキスを求めると、男は苦しそうに息を詰めた。

「ヤバいな。ハマっちまいそうだ」

低い声に背筋が震える。たまらず精を噴き上げると、正治もわずかに身を震わせて射精した。

「す、すごかった」

息も絶え絶えに呟く。正治も同じように息をつきながら、「まだだよ」と獰猛に笑った。

「一回じゃ済まないだろう、お前も」

その通りだった。イッたばかりなのに、まだ身体が疼《うず》いている。とろりと情欲に潤んだ目で相手を見上げると、キスがまぶたを掠めた。戯れるように唇を重ね合っていると、繋がったそこが段々と固くなっていくのがわかる。

亮平はためらわず雄を食い締め、その欲望の熱と硬度を存分に味わった。


柔らかい光に目が覚めた。まぶたを開くと、すぐ目の前に正治《せいじ》の寝顔があって、びっくりする。

（あのまま、寝ちゃったのか）

今は朝日のあたるこの部屋が、昨夜は欲望を解放する淫靡《いんび》な空間だった。

（すごく気持ちよかった）

隣で眠る男を眺めながら、小さく息を吐く。寝足りたようなすっきりした気分なのは、正治に言われるまま、自分を解放したからだろうか。

ゆっくり起き上がると、隣の男は小さく身じろぎしたが、眠ったままだった。

太腿《ふともも》に素肌の温もりを感じて、くすぐったい気持ちになる。ベッドの上でゆっくり伸びをすると、ぐるりと部屋を見回した。

昨日は広い部屋だと思ったが、趣きのあるいい部屋だった。特別豪華ではないが、板張りの床も白い壁も、きっと良い物を使って作られたのだろう。古いけれど古びてはいない、本物のアンティークのような味わいがあった。

庭に面した大きな窓は南向きだが、部屋の前にある背の高い木の葉が、日の光を適度に和らげている。優しい部屋だった。

正治もきっと、大事に使っているのだろう。彼はなかなかのヘビースモーカーのようなのに、この寝室からは煙草の匂いがしない。

つらつらとそんなことを考えていたら、正治がごろりと反対側へ寝返りを打った。目覚めかけているのか、小さく呻《うめ》く。

「正治さん、おはよう」

ちょっと丸まった背中に声をかけると、まだ完全には起きていないらしく、「んー」と生返事をする。それからまた、ぐるんとこちらに寝返りを打ち、亮平の腰を抱き寄せた。

「……おはよう、フミ」

幸せそうな顔で、見知らぬ人の名前を呼ぶ。亮平は言葉を失って、身を強張《こわば》らせた。

と、正治はそこでようやく眠りから覚めたのか、はっと目を見開く。亮平《りょうへい》を見上げると、慌てた様子で抱擁を解き、勢いよく起き上がった。

言葉に詰まる亮平に、正治は気まずそうな顔をする。

「今、俺、何か言ったよな？」

「フミって」

うなずくと、正治は「ああー」と、自分の失態を恥じるように頭を抱えた。

「やっちまった、クソ」

ひとしきり悶《もだ》えると、ちらりとこちらを見る。亮平は迷ったが、ここで口にしないのもおかしい気がして、「フミって？」とたずねた。

「男だ。昔の恋人」

それは予想通りの答えだったから、亮平はただうなずいた。

「だいぶ前に切れたんだがな。そいつが一番、長く付き合ってたのと、ここで一緒に暮らしてたもんで、たまに記憶が戻ってくるっていうか。……朝っぱらから、感じが悪くてすまん」

「ううん」

首を振ると、正治はそれでもすまなそうな顔をして、ちゅっと軽く亮平の唇にキスをした。

「改めて、おはよう」

「……っ」

完全に不意打ちだった。びくん、と大袈裟《おおげさ》に揺れたのがおかしかったのか、正治は頬を緩めた。大きく伸びをしてベッドから降りる。

朝日の中、男の逞《たくま》しい裸体がすべて露《あら》わになって、亮平はどぎまぎした。あのずっしりとした性器が自分の中をかき回していたのだ。思い出すとまた、じん、と身体の奥が疼《うず》いてき

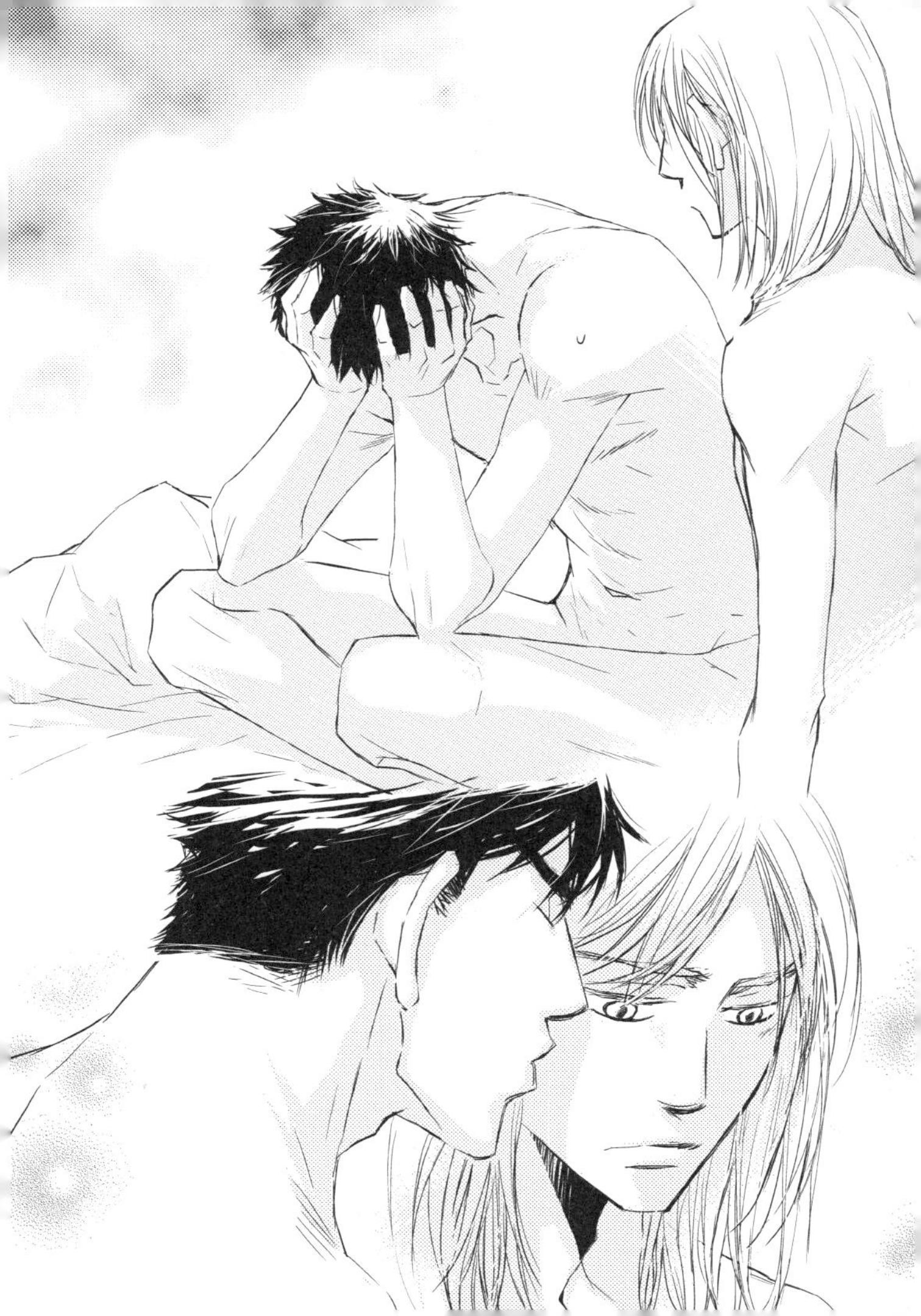

て、亮平も慌ててベッドから降りようとした。正治がそれを押しとどめる。

「先に、シャワー浴びていいか？　まだ時間あるよな。朝飯作るから」

「朝ごはん？」

「そ。腹減った。お前も減ってるだろ。昨日、いっぱい運動したからな」

全部その通りだったから、亮平は顔を赤くしてシーツの中でもじもじした。正治は笑って、寝室の中にある、もう一つの部屋に消えていく。

この家に、一階の風呂場とは別にシャワールームがあると知ったのは、昨夜のことだった。寝室のドアを開けた正面に、シャワーがあるのだ。元はウォークインクローゼットだったのを、改造したのだとか。建物に比べて新しいそれは、祖父の死後、正治が取りつけたものなのだそうだ。

立派といってもやはり古い屋敷で、そのまま暮らすには不便なのだろう。二階の階段を上がってすぐにあるトイレも、納戸を潰して作ったと言うし、キッチンや一階のバスルームは、新しくて使い勝手がいい。

（このシャワールームは、正治さんと恋人のために作ったんだろうな）

微《かす》かな水音を聞きながら、亮平はぼんやり考える。正治が「フミ」と呼んだ恋人のためだろうか。

自分に抱きついてきた、正治の顔を思い出す。とても幸福そうだった。あんな風に、無防備に身を任せる相手が過去にいたのだ。

羨ましい、という言葉が湧き上がりそうになって、胸の奥へ押し留《とど》める。過剰な期待はするまい。ただ肌を合わせただけで本気にするほど、亮平も馬鹿ではない。善意の男に宿を借り、理想の男に抱かれていい思いをした。それだけで十分に幸運だ。

自分が正治を思う気持ちが何なのか、もうとっくにわかっていたが、その単語はあえて頭の隅へ追いやった。

正治は優しい。きっと亮平の気持ちを知っても追い出したりはしないだろう。感謝しても し足りない人を、自分のエゴで困らせたくなかった。

「お先に。メシはパンでいいか？　と言っても、パンしかないんだけどな」

手早くシャワーを浴びた正治が、濡《ぬ》れ髪を拭きながら出てくる。まだ裸のままで、目のやり場に困った。

「はい。いやあの、俺が作るよ」

「いいって。適当にするから。それよりシャワー浴びてきな。午後から出勤だろ」

ジーンズとTシャツを身に着け、正治は寝室を出て行った。亮平が言われた通りシャワーを浴び、身支度を終えて階下に行く頃には、卵を焼くいい匂いが廊下にまで漂っていた。

リビングの隣にあるダイニングテーブルには、トーストとハムエッグが並んでいた。

「正治さん、料理できるんだ」

キッチンには一通りの調理道具が揃《そろ》っていたし、それらを使いこんだ形跡もあったが、正治が料理をしているところは見たことがない。亮平がここに来てからずっと、家で食事をしている場面に出会わなかったから、料理ベタなのかと思っていた。だが皿の上の目玉焼きは、綺麗に半熟に焼けている。

「これは料理のうちに入らないけどな。普通にするよ。けど、お前と家で食事をするのは初めてだな」

「うん。ずっとすれ違いだったしね」

けれど昨日も今日も、一緒にいる。その事実を単純に喜んでいると、正治は少し困ったように笑った。

「俺があまり、家に帰らないようにしてたからな」

驚いて見返すと、正治は言葉を探すようにぐるりと目を上に向けた。

「仕事を詰めてたってのもある。クロと富蔵《とみぞう》が退院したら、元気になるまではしばらく、家を空けられないからな。スケジュールを前倒しにしてたんだ。あとは、お前と顔を合わせないため」

「俺……?」

わざと、会わないようにしていたのか。

「ご、ごめん、迷惑かけてて……」

正治は自分と顔を合わせたくなかった。手が震えて、テーブルの上でぎゅっと握りこむと、正治の手が伸びてきて重なった。

「違う。そうじゃねえよ。逆だ、逆。お前のことが気に入ったから、線引きしてたんだ」

慌てたように早口に言う、その言葉の意味がのみこめず、目を瞬《しばたた》いた。

「昨日まで、お前は翔一《しょういち》の恋人、ってことになってたじゃないか。なのに俺とヤッちまっただろ。そういう男と事情があったとはいえ、一つ屋根の下に寝泊まりして、おまけに仲良く暮らしてたら、まずいだろうよ」

亮平は真面目《まじめ》だからな、と正治が言う。

「お前らが別れたりしたら、寝覚めが悪いと思ったんだ」

「俺の、ため？」

「半分は、本当に仕事が忙しかったからだ。言ったらお前は気を遣うだろうから、言わなかった。けどもう、翔一に義理立てすることもない。そうだろ？」

「うん」

正治は本当に、なんてお人よしなのだろう。翔一に振られて、なのに相手の男を居候させて、二人の仲を心配して。でもそういう、馬鹿がつくお人よしの男に、自分は助けられたのだ。

「ありがとう」

もうこの人に、申し訳ないとか、迷惑をかけていると恐縮するのはやめよう。そう思った。

彼はそんなことを望んでいない。今はただ、彼の厚意に甘えていればいいのだ。

「俺、正治さんに拾われて良かった」

言うと、正治は驚いたように目を見開き、「デカい猫だな」と破顔した。


次の休日、正治と山川《やまかわ》動物病院に行くと、クロをそろそろ退院させていいと言われた。

クロの毛並みは様子を見に行くたびに綺麗《きれい》になっていて、肉もついてきている。虐待を受けていたために、人間の前ではビクビクした態度を取るのは治らないが、それでも亮平や正治があらかじめ覚悟していたよりは、周囲に対する警戒は薄らいでいた。

二人が入院室に入った時、富蔵さんはクロのケージに入って、二人で寄り添って寝転がっていた。

「身体の方は、順調に回復してるね。栄養失調で内臓の機能も低下してるだろうから、もしかしたらこの先、何か疾患が出てくるかもしれない。心配なのは精神面かな。富蔵君がいるお蔭で落ち着いてるけど、また退院して環境が変わったら、怯《おび》えるかもしれない」

これればかりは、辛抱強く付き合って、犬の信頼を得ていくしかない。でもともかく、ここまで回復したのだ。富蔵さんの腹に鼻先を埋めて寝ているクロを見て、亮平は涙ぐみそうになった。

「正治さん。俺、お金貯《た》まって引っ越しても、この子たちの様子を見に来ていい？　家にいる間も、いっぱい世話するから」

切ない気持ちが募ってきて言うと、隣で同じようにケージを見ていた正治も、振り返ってくしゃりと顔を歪《ゆが》ませた。

「ああ」

その後ろで、「あれ？」と山川が怪訝《けげん》な声を上げる。

「二人って、同棲《どうせい》してるんじゃないの。恋人でしょ」

正治がゲイだということを、彼が知っているとは思わなかった。慌てて首を振ると、正治は苦笑する。

「恋人ではないな。同居人」

「居候です」

恋人ではない、と断言されて、なぜか胸が痛んだ。だが本当のことだ。

「俺も正治さんに拾われたんです。ペット不可のアパートで富蔵さんを保護しようとしたのが、大家さんにバレて……」

山川は「大変だったね」と気の毒そうな顔をした。

「けどそれでか。正治が自分で犬を飼うっていうから、びっくりしてたんだ。恋人にお願いされたからだろうなって思ってたんだけど」

「え、でも前に」

正治は犬を飼っていたのではなかったか。正治を見ると、恨めしそうに山川を睨《にら》んでいる。だが獣医は、そんな視線など無視して楽しそうに喋《しゃべ》り続けた。

「前に飼ってたワンコが死んで、落ち込んじゃってね。新しい犬を飼ったらって、里親募集の犬を勧めたんだけど。こいつ、もう二度と犬は飼わないって頑として言ってたんだ。そのくせ、俺が持ってきた犬の写真を名残《なごり》惜しそうに眺めたり、飼い主見つかったか、ってメールしてきたりしてね」

「うるせえよ」

正治は不貞腐《ふてくさ》れた声を出し、珍しく顔を赤らめた。山川と亮平は目を見合わせて笑ったが、情の深い彼らしいと思った。

早くに両親を亡くし、妹と祖父が亡くなって、犬は最後の家族だったのだ。それは耐えがたい喪失だったに違いない。山川も今は笑っているが、きっと友人を心配したからこそ、次の犬を勧めたのだろう。

その日は、次の亮平の休みにクロと富蔵さんを迎えることに決め、正治と亮平はその準備を進めることにした。

ケージなどの大きな物はすでに購入済みで、組み立てればすぐに使える。二人は家で遅い昼食を食べながら、どこに置こうかと相談をした。

二度目のセックス以来、正治は言っていた通り、以前よりよく家にいる。どちらかが、あるいは一緒に食事を作って、二人で食卓を囲むことも普通になっていた。

そんな状態を喜ぶ一方で、このところの亮平は、自分の気持ちを隠すことの難しさを感じていた。

好きな相手と一緒に暮らして、ご飯を食べて、浮かれないわけがない。心だけではなく身体も、正治に抱かれる時の感覚を覚えてしまっていた。彼の何気ない仕草や、傍らに立った時に香る煙草《たばこ》の匂いに、身体の奥が熱くなることがある。

「亮平、疲れたのか？」

真向かいの正治から、心配そうに覗《のぞ》き込まれて気づく。昼食のスパゲティを食べる手が、いつの間にか止まっていた。考えないようにしたそばから、いやらしいことを考えていた。

「あ、いや。掃除もしなきゃな、って」

慌てて誤魔化したが、正治はにやりと笑う。

「掃除ねえ。いやに色っぽい顔してたけどな」

「な……」

そんなに顔に出ていたのだろうか。オロオロと焦る亮平に、正治は目を細めた。

「可愛《かわい》い顔すんなよ。襲いたくなるだろうが。これから部屋の片づけをするんだろ？」

ごほっとむせそうになって、慌てて水を飲む。こちらが焦ったり、真っ赤になっているのを、正治は楽しんでいる。人の気も知らないで……と、亮平は恨めしげに睨んだ。

「掃除。そう、まずはケージを置く場所を決めなきゃ」

これ以上、正治のペースにはならないぞ、と表情を引き締める。実際、今日はやることが多いのだ。

ケージを置く部屋を決めて、その部屋の整理と掃除をしなければならない。

広い家ではあったが、その分、物も沢山あって、どの部屋にも何かしら、物が置かれている。そのほとんどはガラクタだと正治は言うが、なかなか物が捨てられない、ともぼやいていた。もしかすると、家族の使っていたものなのかもしれない。

「北の、風呂場の脇の部屋が妥当かな。広さもあるし、フローリングで、エアコンも新しい」

「じゃあ中の家具を移動させなきゃ」

亮平がちらりと覗いたことのある、その部屋は確かに広さも充分にあった。床は比較的新しいフローリングが敷かれ、窓際に勉強机と、壁には本棚が置かれていた。

「いや、机と本棚は邪魔だろう。捨てるよ」

「え、でも、妹さんの部屋じゃないの」

明らかに年代の新しいそれは、誰か若い世代の家族のためだと思っていた。正治の部屋は二階だったと言っていたから、てっきり妹の勉強部屋だと思っていたのだ。

「いや、妹の部屋も二階。あれは、前に住んでた恋人の書斎だ」

少し迷った後、正治はため息と共に告白した。

「恋、人」

「一緒に暮らしてたって、言っただろ。同棲当初はお互いに別れるつもりなんてないし、この先も一緒にいるつもりだったから、色々揃えたんだよ。手間も金もかかってたもんで、別れた後も捨てられなくてな」

ぼやくように言う。その軽い口調が、逆に正治の傷の深さを思わせた。

「今さら、その恋人に未練があるわけじゃないんだがな。けど、富蔵もクロもくるし、そろそろ整理する頃合いだ」

未練はない。だが、まだ傷は完全に癒えてはいないのだ。

「呆《あき》れたか？　女々しい男で」

皮肉げな言葉を吐く正治が痛々しくて、亮平は首を何度も横に振った。

「それだけ、好きだったんでしょう。仕方ないよ」

気の利いたことが言えなくてもどかしい。だが正治は、わずかに目を見開いて亮平を見つめると、やがてくしゃりと笑った。

「そうか。仕方ない、か」

それから二人で、黙々と食事を続け、部屋の片づけに取りかかった。

亮平は初めて中に入る。机と空っぽの本棚と、それから床に、ダンボール箱がいくつか置かれていた。

「聞いていいかな。フミ、さん？　とは、何年くらい付き合ったの」

別の話題を振るのも白々しく思えて、亮平は意を決して尋ねた。正治は床のダンボールを開きながら、「九年」と答える。

「俺が学生の時に付き合い始めて、同居を始めたのは祖父が亡くなった年だから……二十五の時か。それから四年暮らして、駄目になった」

淡々と話しながらダンボール箱の中から本を取り出し、「こっちは俺の荷物。書斎に持って行く」と、恋人の話をするのと同じ口調で言う。

「別に、この部屋だけそのままにしてるわけじゃないんだよ。うちは古くて物がありすぎるんだ。しかも妹や祖父の遺品ならともかく、曽祖父母や顔も知らない大叔父叔母の物まであるんだぜ。捨てにくいだろ」

それでも恋人と同棲中は、少しずつ整理していたのだそうだ。だが屋敷にある一族の荷物は膨大だったし、恋人とも別れてしまい、片づける気を失ってしまった。

「まあだから、お前と会ってクロと富蔵を引き取ることになったのは、俺にとっても僥倖《ぎょうこう》だったんだな」

それでもまだ、傷は完全には癒えていないのだろう。沢山の物と思い出の中に、一人残された正治の気持ちを考えると、胸が痛む。

どうして恋人と別れることになったのか、知りたくなったが、それはさすがに聞けなかった。

ダンボールいっぱいの書籍を正治の書斎に運び、机と本棚を二人がかりで玄関先に運び出すと、埃《ほこり》のたまった部屋を綺麗に掃除した。

買っておいたケージを組み立て終える頃には日も暮れていて、二人はぐったりと疲れきっていた。確かに、一部屋片づけるだけでも、こんなにも大変なのだ。正治が嫌になるのもうなずける。

それからシャワーを浴びて埃を落とし、近くの中華料理屋で夕食を食べた。

「ねえ、俺が居候してる間、少しずつ部屋の掃除や片づけをしてもいいかな」

料理を取り分けながら提案すると、正治はこちらの真意を測りかねたように、怪訝そうに視線を返した。

「困ってるところを助けてもらって、正治さんにはすごく感謝してるんだ。何か恩返ししたいけど、今は思いつかないし、お金や物だったら、俺がつまらないもの渡すより自分で買った方が早いだろうし。……正治さん、何笑ってるの」

亮平が喋っている最中に、向かい側で正治は声も立てずに笑い出した。睨むと、笑い顔のまま顔を上げる。

「いや、なんか一生懸命だから。別に、恩返しをしてもらおうと思って、手を貸したわけじゃない。気にするなよ。それに居候だって言うが、家賃なら再会した初日にもらってるだろ」

いたずらっぽい笑いに、亮平は思い出して言葉に詰まった。処女をもらった慰謝料だとか、そんなことを言っていたのだ、この人は。

こっちが真剣に考えていたのに、と亮平が睨むと、正治はまたおかしそうにした。

「けど確かに、クロと富蔵のために、もうちょっと片づけないとな。元気になったら、室内でも動き回るだろうし」

「うん。物を捨てるんじゃなくても、一か所にまとめるとか」

亮平は畳みかけた。亮平があの家にきた初日、正治はどこでも使っていいが、どこも物置になっていると言った。その通り、無数にある部屋には皆、まんべんなく物が置かれている。隙間なく詰められているのではない。がらんとした、虚無の空間を恐れるように、少しずつ何かが置かれていた。

正治は、整理整頓のできない男ではない。むしろ几帳面《きちょうめん》な性格だということは、一緒に暮らし始めて間もなくわかった。

家でも書斎以外で煙草は吸わない。キッチンはほとんど使われていないが、水回りはいつも綺麗で、リビングもすっきりと片づいている。

なのに使われていない部屋や、玄関から奥へと長く伸びる廊下は、うっすらと埃がたまっていて、ほとんど掃除の手が付けられていなかった。

このアンバランスさが最初は不思議だったが、今は何となく理解できる気がする。この家は、一人で住むには広すぎる。ことに、心に穴の開いた人間が住むのには。

ずぼらだから掃除をしないのではない。家の広さを意識しないように、自分の居住スペースだけを小さく片づけているのだ。

正治が足を踏み入れない部屋は、まるで空家のように時が止まって、どこか荒れて見えた。使われていない空間が、そのまま正治の心の穴を示しているようで、その大きさに悲しくなる。

亮平には、心の穴を埋めることはできない。自分は恋人ではなく、ただ一瞬、彼とすれ違っただけの人間だから。

だが、荒れた場所を綺麗にすることはできる。綺麗にして、その場所にクロと富蔵さんが入れば少しは気が休まるだろう。やがてその場所に、すっぽりと収まる相手が現れるかもしれない。

「入ってほしくない部屋とか、いじられたくない部屋には、立ち入らないよ」

「別にもう、どこでも入ってくれて構わないけどな」

相手の反応を窺《うかが》う亮平に、正治は優しい目で言った。

「物を動かされたくないのは、俺の書斎くらいかな。前にも言ったが、最初はお前と線引きしておいた方がいいと思ってたから、書斎と寝室には入るなって言ったんだ。けどもう、寝室だって入ってるだろ」

「うん……」

昨日の夜も、正治のベッドで眠った。正治に抱かれるのは三度目だ。今夜もするかもしれない。これからも、亮平が居候を終えて家を出て行くまで、名前のない関係が続くのかもしれなかった。

「部屋の片づけをしてくれるのは、正直助かる。けどそう言うと、お前は際限なく頑張りそうだからな。無理をされるのは困る」

「大丈夫だよ。俺も今日一日で、大変さはわかったから。二人で一部屋片づけるだけで重労働だったもんね。正治さんがOK出してくれたら、少しずつ、できる範囲でやる。クロと富蔵さんの世話が先。優先順位は間違えないよ」

「お前がそこまで言うなら、頼もうか」

亮平が食い下がると、正治は折れた。

「ただし、本当に無理はするなよ。恩義なんか、感じなくていいんだから」

「うん。わかってる」

正治が何か見返りを求めて、手を差し伸べたのではないことは。ただ、亮平がしたいからするだけだ。そうせずにはいられない、といってもいい。

日々は穏やかに過ぎていくのに、自分の中にだけ、日に日に激しくなる感情があって、戸惑っている。

人を好きになるというだけで、心には嵐のように強い風が吹くのだ。目の前に見える世界が一変するような、そんな不思議な感覚を、亮平は今、初めて体験していた。

翔一から久しぶりに連絡がきたのは、それから数日後、いよいよクロが退院するという、前日のことだった。

会って話がしたいという。翔一のことは亮平も気になっていた。最初に正治に殴られた時は、まだ気持ちの整理がついていなくて、翔一と話す気にはなれず、向こうもそんな亮平の気持ちを察してか、やがて連絡は来なくなった。

ホテルの前で偶然、翔一に出会った後も、互いに連絡は取らなかったから、そのまま疎遠になるのかもしれないと思っていた。

時間が経《た》って、翔一に対する怒りはなくなっていたし、拒絶するような態度を取ったことに、少し申し訳なさを感じていたのだ。

だから、「急な誘いで悪いんだけど、今夜会えないかな」と、亮平の反応を窺うような、彼にしては珍しく自信なげなメールに、亮平はすぐ、了解の返事を出した。

明日から、猫と犬がやってくる。まだ健康も万全ではないクロにしばらくは付いていたいし、そうなると今日の方が都合が良かった。

仕事の休憩時間中、今日は友達と飲みに行くので遅くなる、と正治にメールした。相手が翔一だということを告げようか迷ったが、何となく言えないまま、「友達」とだけ書いてメールを送った。

しばらくして正治からは、自分も仕事で遅くなる、というメールが返ってきた。今朝、出かける時は何も言っていなかったが、何か仕事が入ったのだろう。

決まった時間にきちんと仕事が終わる亮平と違い、正治は不規則だ。クロたちを迎えるために、スケジュールを調整しているせいもあるが、大学の授業以外は勤務時間も決まっていないらしい。

二人で食事をするようになって、これまでも何度か、遅くなるから外で食べてくる、という連絡をもらっていた。

そういう時は本当に遅くなるので、亮平も構わず食事をして寝てしまう。朝食も、一緒に食べたり、食べなかったりだった。干渉も不干渉もない、緩やかな同居生活は心地いい。

仕事を終えると、亮平は翔一と待ち合わせの店に向かった。

安い居酒屋の半個室だ。名前を言って中に通されると、先に翔一が席に着いていて、ひらひらと手を振った。

「久しぶり」

と、微笑《ほほえ》む彼は変わらず綺麗で可愛らしく、同じ男とは思えない。だが少し、以前と雰囲気が違っているような気がした。ホテルで会った時は、一瞬だったので気づかなかったが、以前はどことなく、学生のような幼さが抜けきれていなかったのが、今はわずかだが大人びたように見える。

それ以外は今までと変わらず、翔一は「先に飲み物を頼もうか」「僕、これ食べたいんだよね。亮平は？」とメニューを見ながらポンポンと決めていく。

亮平は、些細《ささい》なことでもイニシアチブを取るというのが苦手だったから、翔一のぐいぐいと引っ張っていく性格は一緒にいて楽だった。

そんな感覚を懐かしく思いながら、酒と料理を注文し、ビールで乾杯した。

「改めて、この前はごめん。迷惑かけたし、亮平にも嫌な思いさせた」

やがて料理が運び込まれ、店員が去ると、翔一は居住まいを正し、深く頭を下げた。

「いや、もういいよ。俺だって、芝居に乗るって了承したんだし」

すべてを明かされていなかったとはいえ、正治を騙《だま》すということはわかっていて、断らなかったのだ。

「ううん、ごめん。亮平の性格をわかってて、あんな風に頼んだんだ。あの後、亮平に会うの断られただろ。温厚な亮平を怒らせたんだなって思ったら、自分がどれだけひどいことしたのか、わかった」

わずかに視線をうつむける翔一は、本当に後悔しているようで、やはり以前とは少し違うようだった。奔放な彼の中に、真面目な芯が一本できた感じだ。

「俺こそ、あれきり連絡しなくてごめん。それより、この間会った時、隣にいた人って、例の本命？　うまくいったの？」

亮平が水を向けると、翔一はちょっとはにかんだ様子で、「うん」とうなずいた。

「あの後、告白して、付き合うようになった。まだ二か月目だけどね」

亮平が正治と出会ってから、まだ二か月なのだ。それほど経ってはいないのに、以前のアパートで暮らしていた日々が遠い昔に感じられた。

「翔一は、何かちょっと変わったね」

「そうかな」

「うん。前より大人びた。彼の影響かな」

亮平の言葉に、翔一は照れたように顔を赤らめる。まだ二か月、と彼は言ったが、以前の翔一は、二か月で相手を変えることも、しょっちゅうだった。今の相手を大切にしているのがわかる。幸せそうな様子を見るに、恐らくは相手も翔一に対して誠実なのだろう。

「亮平は？　偶然会ってから、気になってたんだ。どうして正治さんと一緒にいたの？　お互いの連絡先なんて知らなかったよね」

「う、うん。こっちも偶然なんだけど」

会えば、絶対に聞かれると思っていた。亮平はクロを保護した経緯と、里親を探す過程で偶然、正治に再会したと話した。

気まずいので、最初にウリと間違えられて抱かれたことは、黙っておく。

「何それ、酷いな。けど困ってるなら、僕にも声をかけてくれればよかったのに」

クロの話に、翔一は痛ましそうに顔をしかめ、それから怒った声で言った。

「あの時はテンパってて、とにかくオロオロしちゃってたんだ。冷静になれば、もっと他に色々と手はあったんだと思うんだけど。でも、正治さんに会ってラッキーだった」

あの場で正治に拾われなかったら、どうなっていたのだろうと、今も時々思う。本当に幸運だった。翔一も、大きくうなずいた。

「そっか、今は正治さんちにいるんだ。正治さんて、ああ見えて面倒見いいもんね」

再会した偶然には驚いていたが、亮平が正治の家に居候していることについては、それほど意外には感じていないようだった。

「僕とセフレだった頃も、そういうことがあったんだよね」

際どい単語が急に出てきて、どきりとする。かつて二人は、そういう関係だった。忘れていたわけではないが、改めて意識すると胸が痛む。

しかし翔一は、亮平のそんな胸の内など知る由もなく、世間話を続けた。

「何度かあの人と寝た後、すごいお屋敷に住んでるって人から聞いて。行ってみたいって言ったら、すぐ連れて行ってくれたんだけど」

一人暮らしだと言っていたのに、どういうわけか家には、見知らぬ若い男がいたという。修羅場かと青ざめたが、正治は数日泊めているだけだと言った。相手の男もヘラヘラしていて、どうやらノンケだったらしい。

後日、共通の知人にその話をしたら、珍しいことではないのだと聞かされた。

「恋人とか友達とか関係なく、よく知らない相手でも、わりと簡単に家に上げちゃうんだよね。本人はあまり、意識してないみたいだけど。なんか緩い人だな、ってその時に思って、だから告白されても、最初は信用できなかった」

亮平も、出会ったばかりの自分を居候させるという男に、驚いたものだ。

資産家で、そのことが周りにも知られているのに、簡単に人を招き入れる彼の行動は、あまりに無防備に思える。

翔一の言う通り、本人に自覚はないのかもしれない。だがその行動は無防備なのではなく、一種の自棄なのではないだろうか。あるいは、孤独を埋めるためなのかもしれない。

「いい人だし、いい男なんだけどね。付き合った人とも、長続きしてないって言ってたし。やっぱり、奥さんのこと引きずってるのかなあ」

甘いカクテルを飲みながら、ぼやく翔一の言葉に、亮平は驚いて目を瞠《みは》った。

「奥さん？」

「あれ、聞いてない？」

「恋人と一緒に暮らしてた、って話は聞いたことある。女の人なの？」

亮平が首を傾《かし》げると、翔一は違うよ、と笑った。

「相手は男。養子縁組してたんだって。向こうが年上だから、正治さんが相手の籍に入る形だったんだろうね。恋人と別れて、縁組も解消されたらしいんだけど。だから一度、苗字《みようじ》が変わってまた戻ったんだって、本人が言ってた」

正治は姓で呼ばれることが好きではない、と言っていた。そんなことがあったからだろうか。

「結婚してたのか」

「そう。だから『奥さん』。何が原因なのか知らないけど、そこまでして別れるなんて、キツいだろうな」

知らなかった。同じ家で暮らし、一緒に食事をして、時々セックスをする。正治にずいぶん近づいた気になっていたけれど、まだ自分たちは出会って二か月で、お互いに知らないことがたくさんある。

そして正治に拾われたのは、亮平だけではなかった。亮平にとって、正治との出会いは特別なことだ。だが彼にとっては、人を自分の家に入れることは、それほど意味のないことだったのだ。

期待をしていたつもりはなかった。けれど好きな人にとっての自分が、周りにいる大勢と等しいことが悲しい。

翔一とはそれから、他に色々な話をした。主に、翔一の恋人の話題が多かった。彼の恋人は、ごく普通のサラリーマンなのだという。

「ホテルの前で、ちらっと見たでしょ。金持ちでもないし、正治さんに比べたら、ハンサムでもないんだけどね。僕にとっては、あの人しか考えられないんだよなあ」

そんな風に言いながらも、翔一は嬉《うれ》しそうだ。少し羨ましかった。

久々に会ったからか、話は弾み、翔一と別れて家に帰る頃には、終電近くになっていた。飲んでここまで遅くなるのは、居候をするようになって、初めてのことだ。

正治はとっくに帰っているだろうと思ったが、亮平が門扉の前に立った時、ちょうど正治が車庫入れを終え、車から出てくるところだった。

「おかえり。俺もちょうど今、帰ったところだ」

亮平の姿を見ると、中から門を開けてくれた。

「顔が赤いな。だいぶ飲んだのか」

並んで歩きながら、正治が顔を覗き込む。

「うん。酒臭い？」

「少し」

亮平がぱっと離れて距離を取ると、正治は笑った。玄関の前に立った時、前で鍵を開ける正治から、ふわりとボディソープの香りがした。

（まだ……）

以前にも、洗い立ての匂いをさせて帰ってきたことがあった。仕事だと言っていたのに、その後で誰かと会っていたのだろうか。

（嫌だな）

亮平とはセフレですらないのかもしれないけれど、他にも寝る相手がいるのかもしれないと思うと、気持ちが落ち込んだ。

「ん、酔ったか？」

黙り込んでしまった亮平を心配して、正治はキッチンから水を持ってきてくれた。ソファに座って冷たい水を飲み干す。

「翔一と、会ってたんだ」

何を話せばいいのかわからなくて、亮平はそんなことを口にした。

「久しぶりに話がしたいって。ホテルの前で会って以来、連絡も取ってなかったから」

別にやましいことがあるわけでもないのに、言い訳めいた口ぶりになってしまった。正治はそんな亮平に、ニヤニヤと意地の悪い笑いを浮かべる。

「翔一と、ね。ただ飲んだだけか？　ネコ同士でイチャイチャしてたんじゃねえだろうな」

からかわれて、亮平はムッとした。

「正治さんに言われたくないよ。仕事だって言って、デートしてたくせに」

つい、口に出してしまった。正治は思いもよらないことを言われた様子で、片眉を引き上げてみせる。

「俺が？」

「前もそうだった。仕事帰りなのに、いい匂いがして」

言いながら、どんどん落ち込んでいく。こんなこと、言うつもりではなかった。正治を呆れさせるか、困らせるだけなのに。

だが正治は、亮平の言葉に納得したようだった。

「ああ、風呂に入ってきたからか。いや、仕事だよ」

半信半疑で見上げると、正治はくすっと笑って亮平の隣に座った。

「美術品鑑定の仕事だ。古美術商って言うと馴染《なじ》みのない人間は、店に骨董品《こっとう》を並べて売ってるイメージがあるみたいだけどな。いちおう店舗というか事務所はあるが、そっちは事務員が一人いるだけなんだ。俺の仕事は、主に目利きと、品物を買って売り筋を見つけること」

その目利き、美術品の鑑定は店ではなく、持ち主の家でされることが多いのだそうだ。

「懇意にしてる弁護士や税理士がいるんだ。あとは信託会社とかな。どこかで骨董品集めが趣味の人間が亡くなって、相続なんかが発生すると、俺たちが駆り出される」

故人がきちんと美術品の管理をしているなら助かるが、家の倉庫や物置で埃をかぶっていることが多い。あるいは、美術品というものが公に出にくい性質であるため、亡くなって何年、何十年と経った後に、家族が処分に困って正治を呼ぶケースもあるのだとか。

「骨董品集めをしてた人の家は、デカい蔵や物置がよくあるんだよ。そこに、ガラクタも何もかも一緒に詰め込まれてる。うちなんかの比じゃないんだ。もう、扉を開いた瞬間にうんざりするぞ。埃も黴《かび》もひどくて洒落《しゃれ》にならないし。同業者で肺をやられた人もいるくらいだ」

どれに値打ちがあるのか、家族も知らないケースが多い。薄暗く汚い蔵に一日中もぐりこんで、一つ一つ品物を鑑定し、選《え》り分けるのだそうだ。マスクをしていても、終わる頃には鼻の中まで真っ黒になる。

当然、身体も埃だらけ、蒸し暑くなってきた今の時分は、大量にかいた汗も混じって、ひどい有様だという。

「事務所にシャワーがあるんだ。とてもじゃないが、そのまま自家用車に乗れないからな。今日は夜までクライアントの家で宝探しをして、その後は事務所で資料の整理をしてた」

遊んでいたのではない。この時間まで、仕事をしていたのだ。なのに亮平は、勝手におかしな邪推をして、不貞腐れていた。

「ご、ごめん。俺、勝手に」

恥ずかしくて、いたたまれない。ごめん、と繰り返して両手を顔で覆うと、正治は笑いながら亮平の肩を抱いた。

「お前に手を出しておいて、他の男とも寝るなんて、俺はそんなに薄情じゃねえよ」

優しい声に、少しホッとする。だから思っていることも口にできた。

「でも翔一が、正治さんは遊んでたって」

「それはあいつの方だろ。俺は別に遊んでねえよ。決まった相手がいない時は……まあ、適当に何人かとやってたけどな」

「そういうの、遊んでるっていうんだよ」

肩を抱かれたまま相手を睨むと、正治は軽くキスをした。それからふと、真顔になる。

「そうだな。確かに遊んでた。恋人に対しては真面目なつもりだったが、頭のどこかで、終わりになることを前提にしてた。真剣になるのが怖かったんだろうな。……正直を言えば、今も怖い」

「怖い？」

「幸せだなと思ってると、ある時急に、足を掬《すく》われる。いつもそうだった。また何かを大事にして、急に奪われるのは……辛《つら》い」

両親を亡くし、妹を、祖父を亡くした。籍まで入れていた恋人と別れ、ついには飼い犬もいなくなった。

繰り返し、繰り返し、失うたびに心は傷ついていく。悲しみを覚えるよりもずっと深く心を抉《えぐ》られて、正治はいつしか、何かを大切にすることにすら、怯えるようになったのだ。

「……あのさ。俺たち、友達だよね」

亮平は言い、隣を振り仰ぐと、正治は怪訝な顔をしていた。

「友達が、いい。セフレって、俺は嫌なんだ」

うまく説明できる言葉が見つからなかった。正治は無言のまま、先を促すようにこちらを見つめる。亮平も、相手の目を見つめたまま言った。

「お金が貯まって、ここを出ても、それで終わりにしたくない。クロと富蔵さんの様子も見たいし。――セックスしなくてもいいんだ。たまに会って、飲んだり、喋ったりしたい。どちらかに特別な人ができても、また別れても、正治さんと友達でいたい」

いつか離れてしまうくらいなら、恋人じゃなくていい。身体の関係もなく、正治に恋人ができても、彼と疎遠になりたくない。少し離れた場所でいいから、この先もずっと、正治とかかわりを持っていたかった。

亮平が訥々《とつとつ》と感情を吐露するのを、正治は黙って聞いていた。言葉を終えても、相手はただ見つめるばかりで、少し不安になる。

「……友達、か。ああ、そうだな」

どこかぼんやりとした表情で、正治は呟《つぶや》いた。やがて目の焦点が合ったかと思うと、男臭い端整な顔がくしゃりと歪む。

「俺も、それがいい」

言いながら、正治は肩を抱いていた腕を下ろした。かわりにそっと、亮平の肩口へ顔を埋める。涙は流していなかった。けれど泣いているような気がして、亮平はわずかに首を傾げ、男の頭の上に頬を寄せた。

ぎゅっと、男の腕が腰に回って強く抱きしめられる。逞しい腕に、けれど今は縋《すが》られているような気がした。

「言ったそばから——参ったな。抱きてえ」

正治が呟く。甘えるように顔を埋めたまま、腰を抱きしめる力が強くなって、亮平はひくりと喉を震わせた。

「友達のお前を抱くのは、ルール違反か」

声音の中に熱を感じて、亮平の身体の奥にも火が灯《とも》った。同時に、正治の問いかけを考える。友達であろうとするのなら、身体を重ねるのはおかしいのかもしれない。だが今、二人は互いに、その身体を欲している。欲望を交えた末に傷つく人もいない。

「友達でも、俺、今はあなたとしたい」

正治が触れた場所から、甘い疼きがじわじわと身体を侵食している。

「ダメかな?」

自信がなくなって逆に問いかけると、正治は「はは」と声を上げて笑った。こちらを見つめる、甘さと獰猛《どうもう》さの入り混じった目が、亮平に欲情しているのだと教えている。

The Who

「お互いがいいなら、それでいいんじゃないのか」

「うん」

正治のズボンの前が、大きく張りつめているのが見える。亮平のそれも、痛いくらい固くなっていた。早く繋《つな》がりたいと思う一方で、抱擁をとくのが惜しくて、二人はソファの上で抱き合ったまま、長いことじゃれ合うようなキスを続けていた。


ケージからキャリーバッグの中に移しても、クロはずっと大人しいままだった。むしろ、富蔵さんの方が我がままだったくらいだ。富蔵さんは、正治が彼のために買った猫用のキャリーバッグには入りたがらず、亮平のスポーツバックに潜り込もうと必死だった。

クロの退院当日。

正治と亮平は慌ただしく朝食を食べ、動物病院の開院と同時に滑り込んだ。

「健康の方はもう心配ないと思うけど。何かあったらすぐ診せて。移動を嫌がるようなら、こっちから往診に行くから」

山川と看護師はすでに退院の準備をしていて、緊張の面持ちの二人にあれこれと申し送りをしてくれた。

「クロも富蔵さんもお疲れ様。うちに帰ろうね」

ケージを覗き込むと、何かを察したのか、クロは富蔵さんの後ろに潜り込んでいた。富蔵さんはいつもと変わらず、「ナーッ」とダミ声で応じる。

クロはすっかり元気になり、一日に何度か、ケージを出て運動をするようになっていた。亮平も正治も、休みのたびに病院に行き、エサやおやつを与えていた。クロに危害を加えない、味方なのだというアピールなのだが、その甲斐あって最近ではたまに、名前を呼ぶとピコピコと尻尾《しっぽ》を振ることもあった。

だがそれは、院内での話だ。病院を出て、新しい環境に置かれた時、クロがどうなるのか。誰にもわからなかった。

「しかし、本当に一度も鳴かないな」

正治は呟くように言い、クロの入ったキャリーバッグを見下ろした。

クロはすんなりとキャリーバッグに納まり、車の後部座席に置かれてもじっとしている。パニックになって暴れることも覚悟していたので、いささか拍子抜けしたくらいだ。

しかしそれは、クロが安心して身を任せているからではない。怯えきっているからなのだ。尻尾を足の間にしまいこみ、小さく震えている。体勢を低くして、片方しかない目でじっと、上目づかいに人間たちの様子を窺っていた。

「一度だけ、富蔵君を別の部屋に移して引き離した時に、パニックになった。その時だけだな、クロの声を聞いたのは」

二か月も預かった獣医ですら、犬らしく吠《ほ》えるのを聞いたことがないのだという。

「何かあったら相談してくれ。まあ俺も、ここまで酷いケースを診たのは、初めてなんだけどね」

おっとりと言うが、それでもよくここまで、面倒を見てくれた。二人は山川に礼を言い、クロと富蔵さんと共に家に戻った。

古河《こが》家に着き、車を降りて家の中に入っても、クロはキャリーバッグの中で押し黙ったまだった。富蔵さんは玄関に入るなり、亮平のスポーツバッグから飛び出し、勝手知ったる様子で奥へと歩いて行く。

自由すぎる猫の様子に、正治と亮平は顔を見合わせて笑った。クロの様子が一変したのは、ケージの部屋まで運び込んだ時だ。

「ほら、クロ。お前の部屋だぞ」

亮平は一足先に部屋に行き、クロのケージに入院中、クロが遊んでいたおもちゃを入れた。後からキャリーバッグを抱えて、正治がやってくる。

中からクロを抱き上げ、ケージを見せた途端、クロは悲鳴のような鳴き声を上げた。

「お、おい」

腕の中から逃れようとするクロを、正治が慌てて抱え直す。とても犬の鳴き声とは思えない。人間の子供の悲鳴にも似ていた。と、どこかに消えていた富蔵さんが慌てたように駆け込んできて、人間に抗議をするようにニャアニャアと声を上げて部屋を歩き回った。

「ケージが怖いのかもしれない」

二人は急いで廊下に出た。それでも悲鳴は止まず、富蔵さんはオロオロと歩き回る。正治はクロを抱いたまま、リビングに移動した。ソファに座り、ゆっくりとクロの背中を撫《な》でる。

「大丈夫だ、クロ。もう大丈夫」

長い間、悲鳴は止《や》まなかった。やがて声が途切れ途切れになり、小さく鼻を鳴らすようになる。それまで正治はずっと辛抱強く背中をさすり、大丈夫だと繰り返していた。

亮平は富蔵さんを抱えて隣に座り、一緒にクロの様子を見守ることしかできなかった。

「ケージ、バラした方がいいね。せっかく組み立てたけど」

犬を迎えようと、新しいおもちゃやクッションを入れて、ケージを待機させていた。だがこの調子では、この先もケージには入りたがらないだろう。

クロの悲鳴が止み、心配そうな富蔵さんを近づけると、富蔵さんは慰めるようにクロの毛繕いを始めた。ざらついた舌で舐《な》めまわされ、ちょっと嫌そうにしながらも、鞭《むち》のような細い尾が小さく揺れる。人間二人はほっと息を吐いた。

「仕方がない。いい方法を探しながらやってくしかないさ。少しずつ、ゆっくりな」

「うん。そうだね。富蔵さんも、大変だけどよろしくね」

亮平が言うと、富蔵はぴくりと耳を傾けて、ブナッと鳴いた。


少しずつ、少しずつ季節が変わっていく。

梅雨がだらだらと続いたかと思うと、いつの間にか夏になり、その暑さもこの頃はだいぶ和らいでいた。亮平はまだ、古河家に居候をしている。

夏にはボーナスが入って、引っ越しの費用は貯まっていた。引っ越し先を決めればすぐにでも出て行けるのだが、亮平は積極的に新居を探す努力をしないままでいる。

クロがまだ手がかかる、というのもある。家にきてしばらくは環境に慣れず、富蔵さんと一緒でしか動き回れなかったが、最近はようやく、一匹で家の中を歩き、正治や亮平が差し出すおもちゃで遊べるようになってきている。

それでも、富蔵さんが家の中からいなくなると、途端にパニックになるし、食事は正治や亮平が見守っていないと、不安なのか食べようとしなかった。

なるべく正治か亮平のどちらかが家にいられるようにして、どうしても仕事で空ける時は、短時間でもペットシッターを頼むことにしている。

富蔵さんが相変わらずの太平楽なのは、クロだけでなく人間たちの救いにもなった。彼がリビングで大の字になり、亮平にブラッシングされているのを見て、クロも時々、構ってくれと鼻先を押し付ける素振りを見せる。

この家での暮らしが、いつまでも続くわけではないことは、常に頭の隅にあった。それでも今は、二人と二匹の暮らしが楽しく安定していて、すぐには離れがたい。

正治の厚意に甘えたままではいけない。それはわかっているのだが。

「亮平と会うのも、久しぶりな気がするなあ」

鏡越しに、ストリート系の男が欠けた歯を覗かせて笑う。ブラシを持った手首にはタトゥーが入っていて、街で会ったら「ちょっと怖いな」と思わせる外見だ。亮平と並んで歩くと、知らない人から不自然に道を空けられたりする。

「最後に池ちゃんに髪切ってもらったの、春頃だもんね」

あれから色々なことがあったと、亮平も感慨深く鏡の中の自分を見る。

がらんとしたフロアに、独特の染料や整髪料の匂いが漂う。休日の美容室で、亮平は友人の池田に髪を切ってもらうことになった。

亮平の身の回りで色々あったのと、池田も固定の客がついて忙しくなっていたため、最後に会ってから半年近くが経っていた。

春にアッシュグレージュに脱色した髪は、根元が伸びて餡《あん》こがはみ出た饅頭《まんじゅう》のようになっている。髪は元から長かったので結んで凌《しの》いでいたが、さすがにみっともない。

「今日はどうする。また、俺のお任せでいいか」

亮平は反射的に「うん」とうなずきかけて、思い直した。

「今日はその……いつもみたいに派手じゃなくて、地味めがいいな」

池田がいつも似合うスタイルを考えてくれるのに、違うものを主張するのは申し訳ないような気がしていた。

けれどそういえば、池田はスタイリングの前に必ず、どうするか聞いてくれていたのだ。次に髪を切ってもらう時は、自分の好みを伝えてみようと思っていた。

彼に髪を任せるようになって、初めての主張だ。池田は「おっ」と珍しそうに目を見開いた。

「亮平が注文するのは珍しいな。何、彼氏でもできた？」

「そうじゃないけど。池ちゃんの作ってくれる外見はカッコイイけど、派手だろ。俺は中身が地味だから、そういう方がいいなって思ってて」

決して、池田が仕上げてくれたスタイルを否定しているのではない。似合っていると思うし、違う自分になれたようで楽しかった。でも今、少し自分の中身に合った格好に変えてみたいと思っている。

上手《うま》く伝えられなくて、しどろもどろになっていると、池田は驚いた顔をした。

「俺はずっと、お前はこういう派手なのが好みだと思ってたよ」

「え、そうなの？　俺は、池ちゃんの好みだと思ってた」

「それもあるけどさ。最初に思い切ってイメチェンした時、喜んでたみたいだったから。てっきりこういう、ハデハデなのがいいんだと思ってたんだよ。何だ、もしかして無理して合わせてたのか？」

「無理、はしてないけど。ご、ごめん」

本当は、遠慮して少し無理をしていたのかもしれない。けれど、嫌なわけではなかった。必死に伝えると、池田は「ばーか」と笑って、ケープをかけた亮平の肩を軽く小突いた。

「謝ることはないだろ。お互い様。俺もちゃんと説明しなかったしな。練習台って最初に言ったけど、別にそれだって、美容師の言いなりになることはないいんだ。客の意見を聞いて反映するのも練習のうち」

だからちゃんと、主張しろよ、と言う。確かにその通りだ。言葉にしないとわからない。

「もっと地味、ねえ。確かにお前、真面目だもんなあ」

それから池田は、カラーリングのサンプルや髪型のカタログ写真を持って来て、どれがいいかとあれこれ聞いてくれた。

「けど亮平。ホントに彼氏できたんじゃねえの？　雰囲気も変わったしさ」

シザーで髪を梳《す》きながら、池田がニヤニヤと笑ってそんなことを言う。

「できてないよ。……好きな人ならいるけど」

「なるほど。だから色っぽくなったんだな」

「色っぽくってなに。気持ち悪いこと言うなよ」

ノンケの友人にからかわれても、げんなりするだけだ。嫌そうな顔をすると、池田は豪快に笑った。

「いやマジで。以前の亮平はなんか、童貞臭いっていうか、顔はいいのに艶っぽさがないしさ」

かなり失礼だが、池田は元々こういう男だった。言いたいことを言う。外見だけ悪っぽい亮平と違って、郷里にいた時の彼は本物の不良だ。

家が荒れていたせいか、本人も荒《すさ》んでいて怖かった。絶対に仲良くなれないタイプだと思っていたのに、ルームシェアまでして、別々に住むようになった今もこうして友達でいる。

「人の縁て不思議だよね」

「どうした急に。じじむさいな」

「一年前は、今みたいな生活は想像もしてなかったんだ。こんなに馴染んでるのが不思議だなって思って」

翔一の恋人のふりをする、というところから、正治との出会いは始まった。それきり会うこともないと思っていたのに、富蔵さんとクロを保護して路頭に迷いかけ、再び正治と出会って、亮平が保護された。

居候をした当初は緊張していたのに、今はあの洋館が自分の家のように感じる。部屋を少しずつ整理していて、一階はだいぶ片づいた。二階の片づけが終わったら、家を出る頃なのかと漠然と考えている。

「お前が電話で言ってた、気前のいいオッサンのところか。なんだ、まだ一緒に住んでたんだな。もしかして、好きな人ってそいつ？」

ごつごつとした手に似合わぬ繊細な動きで、池田が迷いなく髪を切っていく。亮平は鏡越しに友人を睨んだ。

「オッサンじゃないよ。すごくいい男なんだからな。池ちゃんの百万倍はイケメンだよ」

「わかったわかった。じゃあ、そのイケメンを惚《ほ》れさすくらい、カッコ良くしてやりましょうかね」

仕上がった髪は、オレンジのかかった濃い茶色をしていた。伸びすぎた毛先は、襟足に少しかかるくらいにまで短く切られた。元々の癖っ毛が生かされ、軽くパーマを当てたようにウェーブがかかっていた。明るく華やかだが、決して悪そうではない。

「池ちゃん、天才」

一番最初に髪型を変えられた時も思ったが、鏡の中の自分がまるで自分ではないみたいで、思わず感嘆してしまった。「当然」と、池田は胸を張る。

「今度その、百万倍のイケメンを紹介しろよ。彼氏じゃなくてもさ。そんで良かったら、結婚式も一緒に来てよ」

帰り際、急にそんなことを言われて目を丸くした。

「結婚式?」

「彼女と結婚すんの。式はいつやるか、まだ決まってないけど。子供できたからさ」

以前から池田は、同棲中の彼女が妊娠したタイミングで、籍を入れると言っていた。

「おめでとう。そうか、池ちゃんが父親になるのか」

郷里の高校では荒れていて、手のつけられない不良だった。リアルに校舎の窓ガラスを割ったり、盗んだ原付で走り出したりしていたのに、東京に出て人気の美容師になって、今は家庭を築こうとしている。

人は、人の周りを取り巻く環境は、時と共に移ろうものなのだ。それが良い変化なのか、悪いものなのかは計り知れないが、誰しも、一つところに留《とど》まることはできないのだろう。

「奥さんによろしく。お祝い、何がいいか考えておいて」

別れ際、亮平はそう言って見送る池田に手を振った。久々に友人と会い、明るいニュースを聞いて、気持ちが高揚する。

家に帰って、正治に話したいと思った。一緒に食事をする時、あるいはセックスの後に、二人はその日にあった出来事を話したりする。別に特別なことではない。ただ、こんなことがあったよと、話すことが楽しいのだ。

家に帰ると中はしんと静まり返っていて、リビングへ行くと、ソファの上で富蔵さんとク口が重なり合って眠っていた。

「ただいま」

犬と猫が一緒に眠る様は、いつ見ても心が和む。富蔵さんは亮平の声に、ごろりと顎を上向け、クロは富蔵さんの腹に顔を埋めたまま、うるさいなといった顔でちらりと亮平を見た。

以前のクロなら、ソファの上で眠ったりしなかった。猫ベッドにタオルをかけて目隠しをして、富蔵さんと一緒に寄り添って、ようやく眠れていたのだ。

少しずつ無防備になっていくのが愛《いと》しい。ゴロゴロ喉を鳴らす猫と、ぱたんと気まぐれに尾を揺らす犬を撫で、温もりを堪能する。

「亮平？　帰ったのか」

廊下の向こう、書斎のドアが開いて、正治が顔を出した。どうやら仕事をしていたらしい。

「メシは？　米なら炊いてあるが」

「池ちゃんのところに行く前に、軽く食べた」

いつもの会話をしながら、正治がリビングに顔を出す。亮平を見ると、驚いたように目を瞠った。

「またえらく、雰囲気が変わったな」

「うん。今回は、ちょっと地味めにしてもらった」

正治が近づいてきて、当然のように亮平の腰に手を回した。

「地味っていうか。いや、地味じゃないな」

「え、そうかな」

自分では、前よりも好青年に見えると思っていたから、相手の反応にちょっとがっかりした。だが正治は、穏やかに笑いながらも、熱のこもった視線で亮平を見下ろす。

「地味じゃない。前よりいい男になった」

「本当？」

顔を上げると、キスをされた。

「本当だよ」

ぐっと腰を押し付けられる。正治の下腹部が、いつの間にか固く勃《た》ち上がっていた。

「お前を見たら、勃っちまった」

冗談めかした口調に、亮平は思わず相手を睨んでしまった。それから、ソファの上からじっとこちらを見る二匹の視線を感じ、いたたまれなくなる。

「まって。ここじゃ、やだ」

二匹が見てるから。言うと、正治は強く亮平を抱きしめた。

「このまま二階に行くか？　それとも先にシャワーを浴びるか」

正治とのセックスは、今まで何度も、繰り返し行われていた行為だ。いい加減に慣れてもいいはずなのに、正治に淫靡な言葉を囁《ささや》かれると、平静ではいられなくなる。

「今日、クロが外で遊んだぞ。庭に出してやって、少しの時間だが、富蔵とボールの追いかけっこをしていた」

「本当？」

亮平は目を瞠った。クロを外で遊ばせるのが、目下の課題だった。何度か庭に出そうとしたが、クロは怯えて出たがらず、今日までずっと室内から出たことがなかったのだ。

「まだ、富蔵の行動次第だけどな。進歩したよ。なあ？」

亮平の腰を抱きながら、正治はソファの上の二匹に同意を求める。二匹とも、ちらりとこちらを見たきりで、どうでもいいというようにすぐに目をつぶった。

「正治さん、先にシャワー浴びたい」

甘えるような声が、口を突いて出る。正治は深い笑みを浮かべて、抱擁を強めた。

「上で待ってる」

亮平が自分にあてがわれた部屋で寝るのは、もはや週の三分の一程度になっていた。話し合って決めたわけではないけれど、どちらかの仕事が忙しい日を除けば、二人は正治の部屋で一緒に眠ることが多くなっていた。

セックスをする時もあれば、ただ抱き合って眠るだけの日もある。友人という定義と日に日に乖離《かいり》していく現状を意識しながら、そのことを改めて口にする勇気はなかった。

この穏やかに見える生活は、本当はとても柔らかく、不安定なものだ。少しの大きな物音で、クロがたちまち怯えて隠れてしまうように、誰かが何か一言でも口にすれば、あっさりと壊れてしまうほど脆《もろ》いものだった。

一階でシャワーを浴びて、二階に上がる。寝室では正治が、ヘッドボードを背もたれにして本を読んでいた。最近になって知ったが正治はかなりの読書家で、多忙な中でもいつも何かしらの本を読んでいる。

亮平はあまり本を、とりわけ小説のたぐいを読まなかったし、周囲にも活字が好きだという人間がいなかったから、彼の書斎の天井まで届く本棚を見た時は、まるでファンタジー映画の部屋みたいだと思った。

「今は何を読んでるの」

彼の隣にもぐりこみながら、飴色の革カバーがかかった文庫を覗いてみる。

「ん？　エッセイ。ベテラン作家の」

面白いかと尋ねたら、つまらない、と明瞭な答えが返ってきた。

「野球の話ばっかりなんだよ。俺は野球に興味ないしな」

つまらなそうに言いながらも、最後まで読むつもりらしい。それを聞いて、亮平は読み終わったらその本を借りることにした。

正治が読書家と知り、亮平も本を読むようになった。正治の蔵書の中から借りるのだが、彼がつまらないと言う本は大体、亮平にとって面白い本だった。逆に正治に勧められて読む本は、難解でよくわからない。

亮平が、その本を貸してと言うと、正治はしおりを挟んでサイドボードに本を置きながら心底おかしそうに笑った。

「お前とは、とことん趣味が合わないもんな」

本当にその通りなのだ。亮平が身体を動かすことや、スポーツやアウトドアを好むのに対して、正治は徹底したインドア派だった。隆々とした身体つきから、彼もスポーツマンだとかつては勝手に解釈していたが、ジムで身体を鍛えるのはあくまで健康のため、あるいはプライドの高い正治が、見苦しくない体型を維持しようと努力した結果だった。

共通点は動物が好きだということくらいで、好きな映画もカルチャーショックを覚えるほど違っていた。

なのに不思議と、一緒にいて行動を共にすることが苦にならない。恋人ではなく友人として接しているからなのだろうか。

「この髪、似合ってる。やっぱりお前の友達は才能があるよ」

正治が言いながら、するりとうなじを撫でる。くすぐったさに身を捩《よじ》ると、ウイスキーと煙草の味のするキスをされた。

亮平は、池田の結婚と子供ができた話をしようと思ったが、たちまち快楽に流されて、話をすることができなかった。

いつもより濃厚に感じるセックスの後、いつも通りに寝室の隣のシャワーを浴びて、二人でベッドにもぐりこんだ。

夢も見ない深い眠りについて、亮平を起こしたのは目覚ましのアラーム音ではなく、正治の声だった。

隣で声がして覚醒した。眠っていたから、彼が何と言ったのかわからない。はっと唐突に目が開いて隣を見ると、正治が横たわったまま、肩で大きく息をついているところだった。

両手で顔を覆っていたから、表情は窺えない。亮平が起きた気配に気づき、正治は覆っていた手の隙間からこちらを見た。

「悪い。起こしたか」

気にしなくていい、と亮平は首を横に振った。

「大丈夫？」

正治の頭を撫でると、ゆだねるように目をつぶる。その額がじっとりと汗ばんでいた。

「夢を見ただけだ。……おれは何か、言ってたか」

恐れるように亮平に尋ねる。声は聞いたが、亮平も眠っていたから、何を言っているのかまでは聞き取れなかった。だがそう言うと、正治は再び顔を両手で覆った。

「――すまない」

静かに詫《わ》びる。それで確信した。たぶん正治が見たのは、別れた恋人の夢だ。

「富蔵君は、そろそろダイエットが必要だねえ」

むっちりした富蔵さんの肢体を撫でながら、山川がのんびりと言う。すると富蔵さんが、まるで人の言葉を解しているかのようにフイッとそっぽを向いたので、亮平と山川は二人して笑ってしまった。

今日は山川が、古河家まで往診に来てくれていた。どこが悪いというわけではない、定期健診だ。

クロは長く自分の面倒を見てくれた山川が大好きで、正治や亮平よりも懐いていたが、家の外への移動はまだ怯える。一度、車で定期健診をさせたところ、一日何も食べなくなってしまったため、山川に来てもらうことにした。

居間で適当にくつろいでいた犬と猫を、山川がやってきて順番に見て回る。健診が済むと、亮平はコーヒーを入れた。正治は仕事に出かけている。

「この家もずいぶん綺麗になったね」

山川がぽつりと言った。目の前では健診から解放されたクロが富蔵さんにじゃれつき、富蔵さんが面倒臭そうにそれをいなしている。

「先生は、よくここに遊びに来てたんですか」

「お祖父さんが元気な頃は、よく遊びに来たな。元々、うちの祖父と正治のお祖父さんが同級生だったんだ。子供は年が違ったけど、孫がまた同級」

面白いだろ、と山川は昔を懐かしむような、遠い目をして笑った。

「お祖父さんが亡くなって、一時期は足が遠のいてたけど」

正治の恋人の話を出さず、そんな風に言う。亮平に気を遣っているのだろう。

「その頃は、恋人と同棲してたって聞きました。一時期は姓も変わってたって」

亮平があえて言うと、山川は「知ってたんだ」と目を瞬いた。

「うん、そう。ただ俺は、相手のことはあまり知らないんだ。俺はそういうの気にしないんだけど、正治の恋人は同性愛者だってことをすごく気にする人らしくて。事情を知ってる人間の前には、ほとんど顔を出さなかった」

山川も以前より正治と会う機会が減った。相手の男と別れたことを山川が知ったのは、愛犬のタラオが亡くなる直前、正治が山川動物病院にタラオを診せに来た時だった。

「タラオの具合が良くないって来たんだけど。げっそりしちゃって、あいつの方が死にそうだった」

その様子が気がかりで話を聞くと、恋人とは別れたのだという。

「付き合いはじめた当初は、運命の相手かもしれないとか言ってたし、びっくりしたよ」

「運命の相手……」

亮平が思わず繰り返すと、山川はくすっと笑う。

「正治って、あんな顔してロマンチストなんだよね。お祖父さんが亡くなった時は、恋人の存在がずいぶん助けになったみたいだし、養子縁組までした相手だから、余計にがっくりきたんだろうな」

「どうして別れたんでしょう」

山川は、「さあ、何でかなあ」と変わらずのんびりした声で言った。

「詳しくは聞いてないんだ。俺も当時はあまり、その話題に触れないようにしてた。まあさすがに最近は吹っ切れたみたいだから、聞いてもいいと思うけどね」

本人に聞け、ということだろう。吹っ切れたという言葉に、亮平は数日前、正治がうなされていたことを思い出す。

まだだ。時間が経ってもまだ、正治の傷は癒えていない。彼は別れた恋人を忘れていない。

「亮平君は、正治と付き合ってないの？」

そっと、クロに話しかけるように優しく尋ねられて、亮平は目を瞬いた。それから静かに首を振る。

「付き合ってないです。俺はただの居候で、友達です」

自分の気持ちを伝える気もない。好きだと言ったら、今の状況ならもしかしたら、正治は亮平と付き合ってくれるかもしれない。少なくとも、亮平の気持ちを真剣に考えてくれるだろう。だが、だからこそ気持ちを告げるべきではなかった。

正治はまだ昔の恋人に囚われていて、そんな自分に苦しんでいる。亮平に同じ気持ちを返せないことで、また苦しむかもしれない。

「友達かあ」

山川の声は、少し残念そうだった。彼は彼で正治の身を案じていて、新しい恋人ができればいいのにと気を揉《も》んでいるのだろう。

「あの、先生は同性愛者ではないんですよね」

同類には見えないが、ごく自然にこうした話をする獣医に、以前から思っていた疑問を投げかけた。

山川は驚いて目を瞠り、それから口を開いて笑った。

「俺は異性愛者だよ。ノンケっていうんだっけ。奥さんも子供もいるし」

「そうなんですか？」

既婚者だとは知らなかったので、驚いた。山川病院にいる看護師の一人が、山川の妻だったらしい。

「すみません。俺たちのこと、ごく自然に受け入れてくれるから」

「最初に正治から聞かされた時は、びっくりしたけどね」

正治のカミングアウトは、大学時代だという。

「付き合ってる相手がいるって話を聞いて。男なんだって打ち明けられた」

それまでも、正治には付き合っている相手が何人かいたはずだった。高校時代から、学外に彼女がいるような話をしていたが、どんな女性かと友人たちが聞いても、具体的な話は一切しなかった。

だから正治が、男性と付き合っている、これまで付き合っていた相手もみんな男性だったと打ち明けてきた時、それが真剣な相手なのだと悟った。

大切な相手の存在を、友人に誤魔化すべきではないと思ったのだろう。蒼白《そうはく》な顔で打ち明けた友人を見て、山川も正治とその恋人の存在を受け入れるべきだと思った。

「いいですね。俺たちはやっぱりどうしても、人と違うんだってコンプレックスがあるから。俺も、同級生の友達が受け入れてくれた時はホッとしました」

それまで誰にも、親にさえ言えなかった。今も家族には告げていない。ただ、母親はうすうす気づいているかもしれない。上京して何年も経つ息子に、一度も彼女はできたか、と尋ねたことはなかった。

「そうだよね。俺がゲイだったら、やっぱり悩むと思う。正治もカミングアウトすべきか、ずいぶん迷ったみたいだし。お祖父さんも悩んでた」

「お祖父さんにも打ち明けたんですか？」

驚いた声を上げると、山川は「あ、これは知らなかった？」と、バツが悪そうな顔をした。

「大事な人ができて、一番に、お祖父さんに言ったみたいだね。古河家もここで終わりだなあ、ってお祖父さんがしんみり言ってたって、落ち込んでたから。でもお祖父さんも可愛い孫のことだから、何とか理解しようとしてたみたいだよ」

親代わりで、妹が他界した後は唯一の肉親だったこともあり、二人は仲が良かったという。

「大学で美術を勉強したのも、お祖父さんに子供の頃から色々と教えられて、そういう影響があったからだしね」

卒業後は美術商を継ぐため祖父に付いて、美術品の鑑定を学んでいた。目利きというのは、知識だけではなく経験が重要なのだそうだ。長い時間をかけて、美術品を見る目を養っていく。

正治本人も以前、目利きとして自分はまだまだだ、と言っていた。今でもぺーぺーの修業の身で、今も祖父の代からいる社員に色々と教えられることがあるという。祖父が亡くなった当時はまだ二十代。曲がりなりにも経営者として美術商を継げたのは、子供の頃から祖父に手ほどきを受けていて、素地があったからだろう。

「この家も古いけど、愛着があるんだろうなあ。若い世代だったら、潰して建て直してもおかしくないもんね。俺もこの家が好きだから、ずっと残って嬉しいんだ」

「俺も好きです。最初に来た時は、大きくて古くてびっくりしたけど」

亮平が言うと山川も笑った。その後は動物病院に持ち込まれる看畜の話などをして、しばらくすごした後、山川は暇《いとま》を告げた。

亮平が外まで見送りに出ようとすると、クロが察したのか、山川の足にまとわりついた。

「クロは先生が大好きだね」

そのままでは山川が歩けないので、クロを抱いて玄関を出る。クロを一匹で外に出すのを心配したのか、富蔵も面倒臭そうについてきた。

九月も終わりに近づいたというのに、夕方になってもまだまだ外は気温が高い。一歩玄関を出た途端、じめついた暑さがむわっと身体にまとわりついた。毛皮に覆われた二匹は人間よりも暑いだろうに、気にした様子もなく山川の後をついていく。

山川は「盛大なお見送りだなあ」と相好を崩して二匹に手を振り、往診用のバンに乗って帰って行った。

「ちょっと遊んでおいで」

亮平は山川の車が出た後、門を閉めるために一旦、クロを地面に下ろし、庭に落ちていた木の小枝を投げてやった。軽い枝は思ったよりも遠くへは飛ばず、ぽとんとすぐに落ちたが、クロははしゃいで小枝を拾う。富蔵さんが、やれやれといった様子でそばに腰を下ろし、毛繕いを始めた。

そんな二匹に笑って、亮平は門を閉めに行く。鉄門に何気なく手を添えた時、不意に人の顔が目の前に現れたので、びっくりした。

「わ」

と声を上げたのは相手の方で、亮平も驚いて手を引っ込めた。

目の前にいたのは、小柄なスーツ姿の男性だった。近所でも見かけたことのない顔だ。

細いフレームの眼鏡をかけ、変哲のないサラリーマンといった風だった。年齢は亮平と同じくらいにも見えたし、もっとずっと年上にも見える。年齢不詳だ。

地味だが、整った顔をしていた。周囲に埋没しそうなのに、じっと見ていると不思議と目が離せなくなる。女性のようにほっそりとした首筋を、艶《なま》めかしいと思ってしまった。

何者だろうかと訝《いぶか》しく思ったが、相手もまた、亮平の顔を見て驚いた顔をしていた。まじまじと亮平の顔を見つめる。

「すみません、門が開いていたので、どなたかいらっしゃるのかと……」

瞬《まばた》きもせずこちらを凝視したまま、言い訳にもならないことを男は呟くように言った。どうして亮平がここにいるのか、わからないといった表情だった。

「あの、ここは」

言いかけて、ちらりと門にかかった表札に目をやる。

「古河さんのお宅ですよね」

表札には「古河」と書いてあるのだから、わかりきったことなのだが、相手はなぜか、縋るような目をして尋ねた。

「そうですけど、あの」

亮平は戸惑う。その怪訝な様子に我に返ったのか、男はハッと瞬きをして、気まずそうに目を泳がせた。

「すみません。私は古河さんの古い知り合いで、人づてに、まだこちらに住んでいらっしゃると伺ったものですから……」

心臓が、嫌な鼓動を立てた。正治の知り合いなどいくらもいるだろうに、どうして「あの人」だと思いついたのだろう。

「古河は出かけています。夕方には帰ると思いますが」

どなたですか、と名前を尋ねようとした時、目の端に富蔵さんに飛びつくクロの姿が見えた。まだ敷地の外に出るのは怖いようで、鉄門には近づかないが、遊びに夢中になって飛び出してしまうかもしれない。

亮平は一歩足を踏み出して外に出た。後ろ手に門を閉める。

「すみません。犬が、外に出てしまうかもしれないので」

取り繕うように微笑むと、目の前の男は音がするくらいにさっと顔色を変えた。

「犬……」

倒れるのではないかと思い、亮平は内心で慌てる。

「あの」

「犬を、飼っているんですね」

紙のように白い顔をして、男は言った。視線を伏せ、恥じ入るように、すみませんと誰にともなく謝る。

「近くまで立ち寄ったものですから。すみません……」

男は踵《きびす》を返す。そのまま何も言わずに立ち去ろうとするのを、亮平は思わず呼び留めていた。

「フミさん!」

まるで呪文をかけられたかのように、男がぴたりと硬直した。振り返って、驚いたように亮平を見る。

「フミさん、ですよね」

男の顔がくしゃりと歪む。

「その名前、久しぶりに呼ばれた……」

泣くように笑った顔が、綺麗だと思った。


亮平、と少し焦《じ》れたような声に呼ばれた。

振り向くと、正治が怪訝な顔で居間のソファの脇に立っていた。手にはウイスキーのボトルと、水割りのセットが乗ったトレイを持っていた。明日は亮平が遅番で正治が休みなので、夕食後、たまには家飲みでもするか、という話になったのだった。

「そんなに面白いか？　その本」

つまらないだろ、と言いたげだ。亮平は開いていた単行本を眺め、「読み始めたばかりで、まだわからない」と答えた。

「でも、俺には読みやすそう」

例によって、正治が面白くないと評した本だった。正治は笑って、「そりゃよかった」と隣に腰を下ろす。二人分の水割りを作り、買いおきしておいたナッツの袋を無造作に開けた。亮平が再び単行本に目を落とす横で、正治はテレビのリモコンを取り、チャンネルを変える。バラエティや恋愛ドラマが嫌いな彼は、見たい番組が見つからないようで、しばらくテレビの番組が次々に切り替わっていた。ＢＳで白黒のスペイン映画に辿《たど》り着き、ようやくリモコンを手放す。

普段と変わらない夜だった。亮平の心だけが、いつもと違ってざわめいている。

『正治には、私が来たことを言わないでください』

去り際、祈るように男は言った。近づいた彼の身体からは、うっすらと汗の匂いがして、長いこと暑い日差しの中にいたことを思わせた。

きっとここにくるまでに何度も躊躇《ためら》い、足を止めたのだろう。

『俺、正治さんの恋人じゃありません。居候です』

そう告げた時の、男の安堵《あんど》した顔が頭から離れない。

恋人じゃありません。友達で、でもセックスはしているんです……。そんなことは、とても告げられなかった。

『犬と猫と路頭に迷いかけてたのを、正治さんに拾われたんです』

正治とは何もない、とは言えずに訥々と関係を説明する亮平に、男は少し、緊張が解けたようだった。スーツの内ポケットから名刺入れを出して、こういうものです、と名刺をくれた。

フミ、と正治から呼ばれていた彼の本名が、阿南佳史《あなんよしふみ》だということをこの時知った。小さな紙片には有名な出版社の社名があり、彼は編集者であるらしかった。

そうして見れば佳史は、いかにも文学青年、といった風情をしていた。きっと彼となら、正治は好きな本の話ができるだろう。

『また……また、来ます。でも正治には、今日私が来たことを言わないでください』

だから亮平は、佳史が現れたことを正治に言えずにいる。

(でも、言うべきなんだよな)

二人のためを思うなら、そして亮平が正治の友達だと言い張るなら、佳史の約束など反故《ほご》にして告げるべきなのだ。

正治の中にはずっと、佳史がいる。そうして佳史もまた、正治を忘れられなかった。なぜ今日ここに来たのか、きっかけが何だったのか亮平が知る由もないが、ずっと正治に心を残していたからこそ、佳史は現れたのだろう。

ついに単行本の活字を一つも追えなくなって、亮平はぱたんと本を閉じた。ウイスキーのグラスを傾けていた正治が、小さく首を傾げる。

「大丈夫か？」

何気ない声だった。だが亮平の様子がどこかおかしいことには、気づいていたのだろう。何でもないふりはできていたつもりだったのに、情けなく思う反面、正治が気にかけてくれるのが嬉しい。

「今日、山川先生に色々聞いた」

「ん？」

「本当を言うと、前に飲みに行った時、翔一からも聞いたんだ」

正治と別れた恋人が、かつて養子縁組をしていたこと。祖父や山川にカミングアウトした話。本来ならば、正治の口から直接聞くべきことだった。

「そんなこと気にしてたのか」

どこかほっとした顔で、正治は笑った。逞しい腕が伸びて、亮平の頭を柔らかく撫でる。

「別にいいさ。大体、仲間内ではよく知られてる話だ。ゲイ仲間は特に、フミと共通の知り合いが多かったからな。今でも顔を合わせるとからかわれる」

「フミさんて、どんな人だったの？」

唐突な問いかけに、正治はわずかに目を見開いた。

「どうしたんだ？」

「ごめん。前からずっと気になってたんだ。正治さんが忘れられない人って、どんな人かなって」

前から別れた恋人の存在は気になっていたけれど、実際に目にした佳史は、想像とだいぶ違っていた。日陰の花のような人で、自分とも翔一とも違うタイプの男に見える。正治には、どんな風に見えていたのだろう。

「忘れられない、ってわけじゃないんだけどな」

少し傷ついたような声に、亮平は尋ねたことを後悔する。だが正治はすぐに「どんなっていうか、普通の男だったよ」と続けた。

「男にしては小綺麗だが、美形っていうならお前の方がよっぽど美形だ。何がそこまで好きだったのか、俺にもわからないよ。ただあの時は、自分にはあいつしかいないって思ってたんだな」

「運命の相手？」

昼間、山川が言ったセリフを口にすると、正治は嫌そうな顔をする。

「臭い言い方だな。まあ、そんなこと思ってたかもな。何しろ若かったもんでね。向こうも……俺の二つ年上だったんだが、出会った頃はまだ、どっちも今のお前より若かったから。運命とか平気で言えたんだろ」

　佳史とは、大学で知り合ったのだそうだ。友人に半ば無理やり連れて行かれた、どこぞのサークルの飲み会で、どちらも本が好きで好みの作家も似ていたことから、意気投合した。同類だということは互いにすぐわかった。どちらも目覚めたばかりの性に奔放で、最初は趣味の合う友人であると共に、恋愛の駆け引きめいたことを楽しむ仲だった。

「平たく言えば、気が合ったんだな。似たような本を読んで、似たようなことを考えて、しかも二人ともゲイで」

　佳史が、誰よりも自分に近い存在だと錯覚したのは、当然といえば当然だったのかもしれない。相手もまた、同じように考えた。

　こんなに心がぴったりとくる相手は他にはいない。二人はたちまち深みにはまっていったが、その落ちる速度でさえも同じに見えた。

　恋愛ゲームのはずだった、互いの浮気が許せなくなり、もう自分を誤魔化すことはできないくらい本気なのだと自覚して、二人は恋人として付き合うようになった。

　真剣にこれからの一生、変わらず彼だけを愛するのだと、今思い返すと青臭いことを考えていた。変わらない思いなどないのに。

「そのうちに祖父さんが死んだ。最後の身内だったから、さすがに堪《こた》えたな。それをタラオとフミが慰めてくれて、救われたよ」

気落ちした正治を支えるために、佳史は正治と同居を始めた。二人の関係はますます濃密になり、ついには養子縁組をすることになる。

あの頃は感情だけが先走っていたと、正治は言った。

男女の結婚と同じように、籍を入れてハッピーエンドだと思っていた。いや、その後も人生が続くことはもちろん頭ではわかっていたけれど、二人の関係に酔いしれていた部分があったことも否めない。

二人の職業や家族構成がまったく異なることを、もっと考えるべきだったのだ。

正治にはもう、肉親と呼べる身内はいない。それ自体は悲しいことだが、逆を言えば、もう自分の身勝手で傷つける肉親もいないということだった。

だが佳史には家族がいた。両親は健在で、祖父母も揃っている。兄弟はおらず一人っ子だった。

出版社に勤め、毎朝スーツを着てラッシュに揉まれ、深夜近くに帰宅する佳史と、若くして家の稼業を継ぎ、仕事が不規則な正治。

どちらも仕事の苦労はあるが、どちらも中身が違い過ぎて、愚痴を言い合っても共感はできない。

ある時、佳史が『前よりも正治が遠く感じる』と言った。正治も同じ意見だった。

だが遠くなったのではなく、二人が異なる個々の人間だということが、明らかになっただけなのだろう。

誰よりも近くに感じて、いつも自分と同じことを考えていると、いつからか錯覚していた。

「違う人間なのは当たり前なのに、ずっと似てると思ってたからだろうな。お互いの相違を自覚した途端、裏切られたような気になった」

些細なことで喧嘩《けんか》が絶えなくなった。二人の意見はまったくバラバラになっていて、正治が右だと言うと、佳史は左を示す。

特に互いの関係を周知することについては、何度もぶつかった。

正治はすでに周りにカミングアウトしていて、養子縁組のこともオープンにしていた。だが佳史は家族にも職場にもひた隠しにしていたから、そういう正治の態度にひやひやしていたのだろう。ゲイではない正治の友人に決して会おうとせず、自分の知人友人にも正治を会わせなかった。

それでも正治は、佳史と別れるつもりはなかった。家族になったのだから、今はぶつかっていてもいつか、二人で乗り越えられると思っていたのだ。

だがそんな正治の気持ちも、佳史には重く感じられたのかもしれない。

次第に佳史は家に帰ってこなくなった。最初は仕事が忙しくて、会社や近くのホテルに泊まったと言っていたが、そのうち言い訳もしなくなった。共通の友人が、佳史が別の男とホテルに入ったのを見かけたと、忠告をしてきた。

「もう無理なんだって、そこで気づけばよかったのになあ。俺は未練たらしく、いつまでも縋りついてた」

愛しているから戻って来てくれ、と正治が懇願する。あるいは、自分たちは夫婦なのだから浮気はするなと激怒する。激しい感情をぶつけて、その時は佳史もほだされ、戻ってくるけれど、またしばらくするとうんざりした顔になり、家に寄りつかなくなる。

そんなことを繰り返し、どちらも段々と疲弊してきたある日、とうとう佳史から『別れたい』と告げられた。

『養子縁組も解消して、正治とはもう、家族でも恋人でもない他人になりたい』

疲れた、と佳史は言った。正治も疲れていた。それでも別れたくなかったのだ。

「思い返すと、ただあの時は寂しかったんだろうな。俺にはもう恋人と犬しかいない。その犬も年寄りで、いつ寿命がきてもおかしくない。恋人だけは手放したくなかった。そこまでいくともう、愛というより依存だよ」

正治は自嘲する。しばらく言い争いの日々が続いたが、いつまでも平行線を辿る話し合いにしびれを切らしたのか、佳史はある日、正治の留守中に自分の荷物をすべて引き払って家を出た。後日、佳史が判をついた『養子離縁届』の書類が内容証明付きで送られてきた。つまりは離婚届だ。

この段になってようやく、正治はもう彼を取り戻せないのだと気づいた。自分の名前を書きこんで、離縁届を役所に提出した。佳史とは、彼が家を出る前日に顔を合わせて以来、会っていない。

「俺が悪いのか、相手が悪いのかって、それからしばらく悩んだが、誰がいいとか悪いって話でもないんだよな。どっちも歩み寄れなかったんだから、仕方がない」

すべて割り切ったかのように、正治は言う。でも佳史を失った時の傷は、まだ完全に癒えたわけではない。

夢にうなされている正治を見て、亮平は思ったことがある。彼の心に開いた穴は、佳史でしか埋められないのではないか。

そうしてこのタイミングで佳史が現れたことが、何か運命のように思えて仕方がなかった。


亮平は、新しい部屋を探すことにした。

まずは自分が出て行かなくては、佳史は戻ってこられない。迷ったが、正治には佳史のことを言わないことにした。亮平が出て行って、佳史が戻ってくれば、自ずとわかることだ。

新しい部屋も、決まってから正治に知らせようと思っていたのだが、なかなかいい物件が見つからない。

たとえ古河家を出て行っても、クロと富蔵さんの面倒を見る、と言ったのは亮平で、その約束を反故にするつもりはなかった。

佳史が再び家に住むようになり、もう亮平の世話が必要なくなったら、その時は手を引くが、それまでは二匹に関わっていたかった。正治のこととは別に、犬猫たちと離れがたかったのだ。

最初は古河家の最寄り駅がある沿線を探したが、どこも軒並み家賃が高い。以前のアパートが、安さだけを重視して失敗したことを考えると、どんな場所でもいいとは思えなくて、すぐに見つかると思っていた物件探しは、予想外に難航した。

佳史はあれきり、家には来なかった。やはり亮平が住んでいるせいだろうか。考えたら焦りが募る。休みの日に頻繁にどこかへ出かける亮平に、正治も訝しく思い始めたようだった。

詳しくは聞いてこないが、疲弊して帰ってくる亮平に、心配そうな視線を向ける。

そんな日常が続いたある日のことだった。仕事から帰ると、玄関には今日は遅くなると言っていた正治の靴がある。

「ただいま」

家の奥に向かって、小さく声をかけたが、正治は顔を出さなかった。玄関から遠い寝室にいるのだろうと思い、靴を脱いだ。

居間から、黒い塊がパタパタと現れて、亮平は思わず相好を崩した。

「クロ、ただいま。いい子にしてた？」

亮平が何か尋ねると、誰に教えられたわけでもないのに、首を傾げる仕草をするのが、悶えるほど可愛い。

音を聞き分けるのか、最近のクロは正治と亮平、それに山川が入って来た時だけ、ピコピコと尻尾を振って出迎えてくれた。ちなみに富蔵さんは、お腹が減っている時に限り、玄関先で待ち伏せている。

笑顔でまとわりついてくるクロに、亮平は膝をついてその黒い被毛を撫でた。

「お前も大人顔になったねえ」

出会った時は、犬なのかすら判別のつかない塊だったのに、毛並みは綺麗に整い、段々と大人びてきている。もう子犬とは呼べなかった。

疲れて帰っても、クロが出迎えてくれて、野放図な富蔵さんを見ると癒される。そんな日常もこれからなくなってしまうのだ。

悲しくなって、亮平は黒の首筋に顔をうずめた。キュ、と心配するようにクロが鼻を鳴らす。

その時、玄関のすぐ左にある書斎のドアが開いて、正治が顔を出した。

「亮平、帰ったのか」

てっきり、寝室にいるのだと思いこんでいた。亮平は慌てて顔を上げる。

「あ、うん。ただいま」

「メシは？　俺はもう、食ってきた」

「あ、俺も」

答えながら、今日の正治がひどく不機嫌なことに気づいた。怒っていると言ってもいい。いつも亮平が帰ってくると穏やかに出迎えてくれるのに、今日はむっつりとしかめっ面をしたままだ。

そんな恐ろしげな正治を見るのは、居候をはじめた時以来で、いったいどうしたのだと不安になった。今朝、一緒に朝食を食べた時には、いつもの彼だったのだが。

「亮平、時間あるか」

膝をついたままの亮平を見下ろし、硬い声でたずねた。亮平がうなずくと、「話がある」と顎で廊下の奥を示す。居間に来い、ということらしい。

一方的に告げると再び書斎のドアは閉まり、亮平はオロオロしながら居間に向かった。クロが後からついてくる。不安なので一緒にいてもらおうと思ったのだが、クロは窓際のネコベッドでくつろぐ富蔵さんを見ると、そちらに行ってしまった。

少しして、正治が書斎から現れる。やはり、彼は怒っているようだった。

「座れよ」

立ったままの亮平に素っ気なく言い、目の前を素通りすると、キッチンからウイスキーと水割りのセットを持って戻ってきた。

　おずおずとソファに腰を下ろした亮平の隣に座り、何も聞かずに、自分と亮平の分を作る。黙ってグラスを差し出すと、自分は一気に半分ほど水割りを飲み干した。

「お前、引っ越し先を探してるんだってな」

　普段よりもさらに低い声で、正治は言った。亮平は驚いて、持ちかけたグラスを取り落としそうになる。

「な、なんで」

　部屋を探していることは、正治やその周りには言っていない。職場の仲間や客には相談しているが、山川にも翔一にも話していなかった。どこから知ったのだろう。

　うろたえる亮平に答えず、正治は黙って残りの酒を飲む。すぐに二杯目の水割りを作った。

「お前にとって、うちは仮住まいだ。金が貯まったら出ていく。前からそう言ってた。だがもう、半年近く一緒に住んでるんだ。探す前に、俺に一言言ってくれても良かったんじゃないのか」

　確かにその通りだったから、亮平はうなだれた。

「ごめんなさい」

　正治には本当に世話になった。家賃も光熱費もタダでここに住まわせてもらって、お蔭でずいぶん早く金も貯まったのだ。本来なら、部屋を探す前に話すべきだった。

「謝らなくていい。ただ、釈然としないだけだ。どうして今になって急に、俺に内緒で部屋を探し始めたんだ？」

　確かに不自然極まりなく、亮平は返答に困った。佳史のことは言えない。

「どうして、俺が部屋を探してるってわかったの？」

　おろおろと視線をさまよわせたあげく、亮平ははぐらかすように質問で返してしまった。

　正治がため息をつく。

「俺が不動産屋もやってるって忘れたのか？　横の繋がりがあるんだよ。お前、駅前の不動産屋に行っただろう。今日、そこの社長と会った時に言われた」

　確かに、なかなか部屋が見つからずに焦り、ダメ元でこの辺りの部屋も探そうと駅前の不動産屋に入った。正治と知り合いだという可能性は思いもつかず、聞かれるまま今は近所の知人の家に世話になっていること、そろそろ出なければならないが、いい物件が見つからないとありのままを話してしまった。

　誘導されて、古河家に住んでいることまで話したが、その時は不動産屋も、『ああ。あの大きな洋館ね』としか言わなかったから、まさか繋がりがあるとは思わなかったのだ。

「早く引っ越したいのに、物件が見つからずに困っているらしいと、社長が言ってた。俺は最初に、引っ越し先は急いで見つけなくていいって言ったよな。なのにどうして急に、焦って部屋を探し始めたんだ」

「急にってわけじゃないよ」

慌てて口を開くと、自分の声がむきになったように聞こえた。

「前から、このまま甘えてちゃいけないって、思ってたんだ。クロも大きくなったから、そろそろ引っ越さなきゃって思って」

半分は嘘《うそ》ではなかった。このままではいけないと、ずっと思っていたのは事実だ。

「だからって、俺にも黙って、急いで探す必要はないだろう」

「内緒にしてたわけじゃなくて。ただ行動しないと、このままずるずる時間が経つから」

うまい言い訳がみつからない。しどろもどろになる亮平の言葉を、正治は否定せず黙って聞いていた。二杯目のグラスを空けて、またため息をつく。

「聞いてもいいか」

「は、はい」

思わず背筋を伸ばすと、何で敬語なんだよ、と正治は少し笑った。

「お前がここを出る理由は、それだけか？　また何かに巻き込まれて、困ってるってことはないのか」

自分を心配してくれている。その優しさに涙が出そうになって、亮平は慌てて目を瞬かせた。いっそ、口に出してしまいたかった。

正治が好きだ。ずっとこのまま、正治と富蔵さんとクロと、この家で暮らしたい。……友達ではなく、恋人にしてほしい。

だが正治は、佳史が現れたら彼を取るだろう。いや、もしも亮平が抜け駆けをして告白し、受け入れられたら。正治は真面目で情の深い男だ。

佳史と再会しても、亮平を捨てられず、佳史と縒《よ》りを戻せないことに苦しむだろう。亮平のエゴやずるさは、正治や佳史だけでなく、亮平自身も傷つける。

最悪の結末を想像して、亮平は白を切り通す覚悟をした。

「何も。何もないよ。ただけじめをつけなきゃいけないと思っただけ」

「けじめ？」

「俺たち友達なのに、俺は正治さんに甘えるばっかりだったから。それに……やっぱり、友達なのにセックスしたり……恋人みたいだし。……ごめん」

隣からため息が聞こえて、亮平は思わず謝った。

「馬鹿、謝るな」

正治の手が伸びてきて、亮平のうなじを撫でようとする。いつものスキンシップだった。いつの間にか、こんな触れ合いが当たり前になっていた。

「だ、だめ」

亮平は咄嗟《とっさ》に相手の手を避けた。行き場を失った手が固まり、正治は途方に暮れた顔をする。そんな顔をさせるのが申し訳なかった。

「友達だから」

幼稚な物言いに、正治は怪訝そうに片眉を引き上げてみせた。

「気持ち悪い？」

「違う。気持ち悪いわけじゃない」

慌てて首を振ると、正治は唇の端を意地悪そうに歪めた。

「気持ちいいから、困るのか」

「……っ。お、俺、真面目に言ってるのに」

図星を指され、顔が赤らむのを感じた。相手を睨むと、正治は「わかってるよ」と優しい目で笑う。亮平から視線を外して前を向くと、不意に真顔になった。

「そうだな。なし崩しはよくないよな」

「正治、さん」

「部屋は俺が探してやる。希望を言ってくれ。うちの会社はテナントがメインで、個人住宅は少ないが、同業の伝手《つて》がある。お前が休みの日に回るより、効率がいい」

それはありがたい申し出のはずだった。なのに喜べないどころか、突き放されたように感じている、自分がいる。

（俺、勝手だ）

本当は引き止められたかったなんて、馬鹿げている。

「――ありがとう」

強張った顔のまま視線が合わせられず、亮平は慌ててグラスを手に取り、水割りを飲んだ。

「家賃は、七万以下だと嬉しい。それと、この家に通いやすい場所だといいんだけど。クロと富蔵さんにも会いたいし」

「ここを出ても、世話をしに来てくれるって、前に言ってたよな」

「うん」

「亮平、こっち向け」

軽く呼ばれて、つい顔を上げる。その唇に正治は、ちょんと触れるだけのキスをした。

「な、何して……」

こっちが我慢しているのに、ひどい。抗議の声を上げたが、正治は声を上げて笑う。だがその目は、じっと見透かすように亮平の双眸《そうぼう》を見つめていた。

「わかってるって。俺たちは友達だ。だからこれ以上は我慢する。――本当は触りたいけどな。今すぐ裸にひん剝《む》いて、お前の色っぽいケツにぶち込んで、あんあん泣かせてやりたいけど……」

「正治さん！」

「怒るなよ。俺も真面目だよ。抱きたいけど我慢する。お前のための新しい部屋を探す。俺たちの関係に、きちんとけじめをつける」

それらはすべて、亮平が言い出したことだ。だが正治の雰囲気に呑《の》まれ、亮平は何か釈然としない思いを感じながらも、ただうなずくことしかできなかった。

朝、目覚めると自分の部屋の天井だった。

まぶたを開ける前、半覚醒の頭の中にあったのは確かに、正治の寝室のそれで、目を開いて違和感を持つ自分に戸惑う。

正治に引っ越し先を見つけると言われてから、一週間が経っている。あれからは当然、二人が身体を重ねることはなく、寝る時も別々だ。

最近までは、時間さえ合えば一緒に眠っていた。いつの間にかそんな習慣になっていたことに、別々に寝るようになって気づき、呆然《ぼうぜん》とする。

正治の態度は変わらない。朝は二人で食事を食べるし、夜もどちらかが遅くならない限りは、食卓を囲み、夕食の後は居間でテレビを見たり、本を読んでくつろぐ時間があった。

ただ、以前のように触れ合わないだけだ。けじめをつけたいなどと言い出したのは、他ならぬ亮平なのに、そうした変化を寂しいと思う自分が嫌だった。

その日は、いつも通り正治と朝食を摂《と》って仕事に出かけた。あとどれくらい、こうして二人でいられるのだろうと、仕事に出るたびに考える。

昼休み、携帯電話を覗くと、正治からメールと電話の着信が入っていた。メールは、いつでもいいので折り返し電話がほしいという内容で、電話をかけたが繋がらなかった。

(何だろう。部屋が見つかったのかな)

仕事中に正治が電話をかけてきたのは初めてで、どうしたのだろうと不安になる。夕方、仕事が終わって電話をかけると、今度は繋がった。

『仕事中に悪かったな』

開口一番、そう言った正治は家にいるのか、奥で富蔵さんのダミ声が聞こえた。

『これから予定があるか? なければ、留守番を頼みたいんだが』

「今から帰るところだから、それは構わないよ」

『すまない。これから出かけることになった。その間に、富蔵とクロの世話を頼みたいんだ』

亮平と入れ違いに出かけるのは、以前も何度かあった。彼が経営する不動産会社で何か問題があったり、美術関係の執筆で編集者と打ち合わせをする時など、理由は様々だったが、大抵はメール一つで済ませていた。

なのに今日に限って、どうして電話をかけてきたのだろう。嫌な予感に腹の奥がひやりとする。そして、お世辞にも鋭いとはいえないのに、こんな時の予感ほどよく当たるのだった。

『急に人と会うことになった。――佳史、同棲してた元恋人だ。今日、数年ぶりに連絡が来てな』

会って話をしたいと言われた。だから会ってくる。電話の向こうから、正治はそんなことを言っていたと思う。うまく相槌《あいづち》を打てたのか、覚えていない。

どこかで予感がしていた。いや、佳史はまた会いにくると言っていたのだ。いつ、こんな日が来てもおかしくなかった。

『帰りは遅くなる。クロと富蔵の餌を頼む。……亮平？　聞こえてるか』

「う、うん。大丈夫だよ。行ってらっしゃい」

友達なら、良かったねと言うべきなのだろうか。だがどうしても、気の利いた言葉が出てこなかった。

対して受話器の向こうの正治の声は、不思議なくらい普段通りだ。そこには元恋人に再び会う興奮も戸惑いも、何ら伝わってこなかった。

『よろしく頼む。……富蔵が、昼から少し元気がないようなんだ。食欲もない。たぶん、何ともないと思うが、ちょっと注意して見ていてくれ』

電話を切る間際になって、正治は思い出したように言った。

「富蔵さんが？　うん、わかった」

今朝までは普通だった。大丈夫だろうか。佳史のことと、富蔵さんのこと、不安や心配がない交ぜになって、何から考えていいのかわからなくなった。

とにかく、家路を急ぐ。家に帰ると、正治の車がなくなっていた。行ってしまったのだ、と実感がこみ上げて、心許《こころもと》なくなる。

家に入ると、しかし尻尾を振って駆け寄るクロの後ろから、富蔵さんが威厳をもって現れた。ぐったりした富蔵さんを想像していたから、ひとまずホッとする。

「ただいま。富蔵さん、大丈夫？」

亮平が手を出すと、それにぐりぐりと頭や首を押し付け、「ナッ、ナッ」と急《せ》かすように鳴いた。ごはんを要求する時の声だ。携帯で時間を確認すると、ちょうど二匹のごはんの時間だった。クロはあまり食いしん坊ではないが、富蔵さんの腹時計は非常に精巧だ。

富蔵さんと、それに追随するクロに急かされてキッチンに行くと、正治のメモが置かれていた。達筆な字で、二匹にはいつも通りの時間にごはんをやった旨が書かれている。

これは特別なことではなく、すれ違いになる時は、餌をやった方がメモを残すのが二人で決めたルールだった。食に貪欲な富蔵さんが、餌をもらっていない風を装って、何度もごはんをもらおうとするからだ。

「なんだ、富蔵さん。昼ごはん食べたんじゃないか」

食欲がないと、正治は言っていた。あまり食べられなかったのだろうか。疑問はあったが、富蔵さんの執拗《しつよう》な飯コールに急かされ、ともかくも二匹にフードを与えた。

これも慣例通り、富蔵さんから先に餌を出すと、猛烈な速度で食らいつく。食べ終わると食後の運動、とばかりにクロと家の中を走り始めた。まったくもって普段と変わらず、拍子抜けする。

安心すると、今度は正治と佳史のことが気になってきた。なるべく考えないようにして、帰りがけにコンビニで買った弁当を食べる。簡単に掃除をして風呂に入ると、特にすることもなくなった。

眠気はなく、本を読んでみたりもしたが、正治のことが気になって活字を追えない。そうしているうちに、深夜と呼べる時刻になった。

「正治さん。今日、帰ってくるのかな」

寂しさを紛らわせるためにつけたテレビを、見るともなしに眺めながら、ずっと不安に思っていたことがつい、独り言になってこぼれた。

二人で会って縒りが戻ったら、そのまま何もせずに帰ることなどできるだろうか。もしかしたら今夜は、帰ってこないかもしれない。

そうして夜が明けて帰宅した正治に、部屋が見つかったと告げられる。そんなことを想像したら、涙がこみ上げてきた。

「……っ」

嗚咽《おえつ》を飲み込んで、涙を拭う。少し離れた場所で毛繕いをしていた富蔵さんが、何だどうしたんだと近寄ってきて、ごわごわの毛を擦り寄せた。富蔵さんの真似《まね》をして、クロが足元にまとわりつく。二匹の優しい温《ぬく》もりに、余計に涙がこぼれた。

「俺、正治さんのこと、好きだったんだ」

本人には言えないから、二匹に告げる。

「お前たちとも、離れたくないなあ」

ソファを降りて床に寝転ぶと、クロが甘えるように前足と顎を腹に乗せてくる。そんなクロを撫でつつ、腋のあたりにゴソゴソと身体を潜り込ませてきた富蔵さんに笑って、目を閉じた。

「本当はずっと、ここにいたかった」

腹と腋が暖かくて、ちょっと幸せだなと思った。グルグルと富蔵さんの喉を鳴らす音を聞いているうちに、意識が落ちていく。

床に横たわったまま、いつしか眠っていた。

「……亮平」

静かな声が、すぐ近くでした。

「こんなところで寝てると、風邪引くぞ」

正治の声だった。帰ってきたのだ。嬉しいのか悲しいのかわからなくなって、亮平は気づくと「正治さん」と大きな声を上げていた。

自分の声に、はっと目を覚ます。クロと富蔵さんは、いつの間にかいなくなっていた。

かわりに正治が、気遣うような目でこちらを覗き込んでいる。

「帰ってきたの」

情けない声が、喉から出た。近くにある男の顔が、痛みをこらえるように歪む。泣くのかと思ったのに、それはやがて笑顔になった。

「ああ。遅くなったな」

視線をさまよわせると、クロのものらしい黒い毛皮と、富蔵さんの不格好なカギ尻尾が頭のすぐ近くに見えた。

「泣いてたのか」

唐突に男が言う。何のことだかわからず、ぼんやりと見上げると、正治の手が伸びてきて、亮平の目尻を拭った。

「どうして」

「ん？」

この期に及んで、正治は自分に甘く優しいのだろう。まるで都合のいい夢のようだ。

「今日は、帰ってこないと思った」

考えていたことがすぐ口をついて出たのは、まだちゃんと目が覚めていなかったからかもしれない。正治は困ったように笑った。

「佳史と会ってたからか？　話はすぐに終わったよ。帰りが遅くなったのはその後、仕事で呼び出されたからだ。うちで持ってるビルで、ガス漏れ騒ぎがあって、今まで対応してた。ガス漏れじゃなくて、報知器の故障だったんだけどな」

言いながら、ソファを背もたれにして、亮平の隣に座る。亮平もそれに倣って隣に座った。佳史との話がすぐに終わった、というのは、どういう意味なのだろう。

「あの、富蔵さん。夜はちゃんと餌を食べてた。今のところ元気みたいだよ」

クロとくっついて眠る富蔵さんの頭を撫でながら、元気がなかったことを思い出して伝える。正治は「だろうな」とうなずいた。

「俺が出かける時も、元気だったから」

「え、でも」

食欲がないと言ってたのに。困惑していると、正治は目顔でうなずいた。

「佳史と俺が会うって聞いたら、また余計な気を回して、下手したらここから出ていくんじゃないかと思ったから。人質、いや猫質にした。こいつらが具合が悪いって言ったらお前、放っておけないだろ」

つまり、富蔵さんの体調が良くないというのは、方便だったのだ。

「どうして、そんな」

ぼんやりしたままの亮平を、正治は少しの間見つめていたが、やがて何の前触れもなく近づいてきて、唇にキスを一つした。

「そりゃ、せっかくけじめつけて口説こうとしてんのに、肝心のお前がいなかったら、話にならないからだろう」

口説く、という言葉に亮平が目を瞠ると、正治はいたずらっぽく笑った。

「ついでに白状すると、佳史から連絡があったのは今日じゃなくて、ちょっと前。お前の引っ越し先を探す話をした、その翌日だ。会う約束はしたんだが、お互いに予定が合うのが今夜しかなかった」

亮平の留守中、佳史から電話があったのだという。それで正治は、彼が少し前にこの家を訪れ、亮平と会ったことを知った。

「黙ってて悪かった」

謝る前に正治に謝られ、慌てて「俺の方こそ」と首を振った。

「佳史さんのこと、黙っててごめん」

「向こうが言うなって言ったんだろ。それも聞いた。言わずにお前を苦しめて、悪かった。けど俺と佳史が会う話をしたら、お前がまた気を回すんじゃないかと思って。あいつはもう、ここには来ないよ」

驚いて相手を見ると、正治は苦笑した。

「そんなに意外か？　どうしてってそりゃ、もう他人だからだよ。確かに佳史には、縒りを戻したいって言われたけどな。よく聞いたら恋人と別れて、仕事もうまくいってないみたいだった。久々に俺とよく飲みに行ってた店に顔を出したら、俺の話が出て懐かしくなったってさ。そんな気はないと断った。——もう、大事にしたい奴がいるからって」

「そんな。だって正治さんはずっと、フミさんを忘れられなかったんでしょう」

せっかく佳史が戻ってきたのに。だが正治は、「おいおい」と呆れたような、困った顔をした。

「俺は今、すごく大事なことを言ったんだけどな。まあいい。俺がまだ、あいつを好きなまだと思ってたのか？　言っただろ、未練はないって。俺がずっと引きずってたのは、失恋で辛い思いをしたっていう痛い記憶だけだ」

また恋をして、失うことが怖かった。確かに正治はそんな風に言っていた。

「お前が誤解するのも無理はない。俺は確かにずっと、佳史と別れたことにこだわってたもんな。穏やかで幸せな時間が続けば続くほど不安になる。また全部失うんじゃないかって。お前への気持ちが強くなればなるほど、怖くなった。寝ると夢を見るようになった」

かつて、恋人を失った時の夢。あるいは、家族や愛犬を亡くした時の追憶。亮平がいなくなり、クロや富蔵さんが死んでしまう夢も見た。

「佳史を忘れられないんじゃない。気持ちが残ってるわけじゃないんだ。大体、それくらい未練があるなら、あいつが出て行った時に追いかけてたはずだろう」

勤務先も知っている。共通の知人もいる。いくらでも後を追う術《すべ》はあった。そうしなかったのは、もう自分たちの関係が修復不可能だとわかっていたからだ。

時が経ち、別れた恋人への思慕は薄れ、ただ喪失の記憶だけが残った。

「二人で少し話して、俺のことがずっと忘れられなかったと言われた。それは、嘘じゃないんだろうな。あれだけ一緒にいて籍まで入れた相手なんだから。けど別れて七年、俺があいつ抜きで生きてきたように、佳史も俺のいない人生を生きてきたんだ」

久しぶりに会って縒りを戻したいと言われた時、都合のいい奴だなと呆れた。けれど、佳史に感じたのはそれだけだ。

もう、何か強い感情を相手に覚えることができないほど、遠い他人になっていた。

「会ってよかった。佳史と向き合って話をして、やっとあれは、過去のことだったんだと実感できた気がする」

そのことを佳史に告げ、二人は別れた。それ以上の話はもはや必要なかった。

「俺が佳史と会ってきたのは、お前が言ってたけじめをつけるためだ。なし崩しのままお前を抱くなんて、よくない。ずっと宙ぶらりんでごめんな」

不意に話を振られて、亮平は慌てて首を横に振った。正治はそれに穏やかな微笑みを傾ける。

「お前との暮らしは、楽しくて居心地が良かった。でもだから、余計に怖くなったんだ」

亮平はいつかここから出て行ってしまう。だが付き合ってくれとはっきり口にして、穏やかな関係が壊れてしまうのも怖かった。亮平を失うことに怯えて、確かなことには何も触れないまま、この曖昧な関係を続けようとした。

「お前が俺の過去を気にしてるのも知ってた。なのに、一緒にいたいと思えば思うほど焦って、振られた時のことを思い出すんだ。それから夢を見るようになった」

「前に、うなされてた」

正治は自嘲気味にうなずいた。うなされる夢の形は様々だった。佳史に振られる夢、肉親や愛犬を亡くした時のこと、富蔵とクロがいなくなる夢も見た。それから亮平を失う夢。

「怖かったから、友達ってお前が言ってくれた言葉に縋って、逃げてた。友達なら、恋人みたいに別れることはない。どちらかに恋人ができても、近くにいる」

亮平が考えていたのと同じことを、正治も考えていたのだ。

「けど、お前が引っ越そうとしているって聞いて、焦った。お前にこのままじゃいけないって言われて、その通りだと思ったよ。俺はもう、ただの友達じゃ我慢できない。お前に恋人ができたら、他の男に抱かれたらって、想像するだけで叫び出したくなる。こんなに本気でハマッてるのに、もう誤魔化せないだろう？」

過去の失敗にくよくよしている場合ではなかった。今ほしいものが、手からすり抜けようとしているのだ。

「どうやってけじめをつけようか、考えた。最初は、お前が言った通り引っ越し先を見つけて、一度離れてから口説こうと思ってたんだけどな」

佳史がこのタイミングで現れて、亮平がどうして急に、この家を出ようとしているのかもわかった。自分が何をすべきか。正治はそれで決意が固まった。

「なあ。俺はお前が好きなんだ。お前を愛してる。一緒にいたい。友達じゃなく、恋人として」

熱っぽい眼差《まなざ》しに見つめられ、息が止まりそうだった。言葉がうまく出てこない。

「あの、俺……」

オタオタと焦る亮平の手を、熱い手がそっと握る。触れられたそこがジンと痺《しび》れて、頭がどうにかなりそうだった。

「嫌か？　亮平。お前の気持ちを教えてくれ。俺のことは、恋人として見られない？」

「そんなわけない」

不安げな顔をするから、亮平は慌てて言い募った。

「俺も。俺の方が、最初から好きだった。友達って言ったのは、別れたくなかったからだよ。正治さんの中にはずっと、フミさんがいると思ってたから。それに俺は、フミさんや翔一みたいなタイプとは違うし。正治さんに恋人ができても、友達なら離れなくてすむ。……俺が友達って言ったのはそういう、欺瞞《ぎまん》からなんだよ」

ずるい、自分のエゴから出た言葉だった。だが正治は、ホッとした様子で端整な笑顔を浮かべた。

「なんだ。同じこと考えてたのか」

握った亮平の手の甲に、軽いキスを落とす。びくんと身を震わすと、唇にもキスをされた。

それから不意に、柔らかく穏やかだった目が、物騒な熱を帯びる。

「俺の恋人になってくれるか。俺はお前よりうんと年上だし、本気になったらしつこくて重い」

そんなことを言う口調は軽かったが、手を握る力は強く、容易にはふり解《ほど》けそうになかった。亮平にも手を解く気はなかったから、大きくうなずく。

「恋人にしてほしい。けど、正治さんこそ、俺でいいの」

「お前だからいいんだよ。タイプがどうって言うなら、まあ確かに最初は、好みのタイプじゃなかったけどな」

「ひ、ひど……」

この言葉はショックだった。思わぬ告白に幸せを感じた直後だから、余計に悲しい。思わず涙目になると、正治はたまらない、というように目を細め、亮平の腰を強く引き寄せた。

押し当てられた下腹部は、すでに熱く固く滾《たぎ》っている。身動きをするとさらに強く抱きしめられ、その強引さに亮平は陶然となった。

「い、いいよ。正治さんの好みじゃなくても、恋人になれたらいい」

ぽそりと呟く。耳元で、ぐっと喉が鳴る音がした。続いてため息と共に「お前なあ」と低く怒ったような声がする。

「ああ……畜生。可愛いなあ」

悪態をつきながらも、声音が甘い。

「確かに好みじゃなかった。まったくタイプじゃなかった。最初に抱いた時は、チャラい兄ちゃんだと思ってたしな。それなのに抱いてみたら慣れてないし可愛いし、そのくせやらしい身体してるし」

「ひどい」

「褒めてんだよ」

男は楽しそうに笑って、固い下腹部を押し付ける。

「どうしてくれんだ、これ。もうお前にしか勃たねえぞ」

「あ、あ」

ぐりぐりと固い物で前を擦《こす》られ、亮平のそれも固く張りつめていた。見上げると、男の端整な顔が近づいてきて、唇を塞がれた。

「ん、む……っ」

「ずっとこうしたかった。恋人のお前を抱きたかった」

何かを堪えるような、掠れた声で正治が囁く。

「俺も……」

恋人になって抱かれたかった。男の背に腕を回すと、キスを貪られた。シャツの下に潜り込んできた手が、素肌をまさぐる。

快感に翻弄されそうになった時、目の端にモゾモゾと毛玉が動く気配がして、はっとした。いつの間にか、クロと富蔵さんの目が開いている。クロが興味深げにこちらを見ていて、いたたまれなくなった。

「待って、正治さん。あの……」

亮平が言うと、正治も気づいたようだった。尻尾を振るクロを見て、苦笑する。亮平の手を取って、立ちあがった。

「ベッドに行くか。おい富蔵、クロを頼むな。しばらくは邪魔しないように」

真面目くさった口調で言う正治に、富蔵さんはわかっているのかいないのか、欠伸《あくび》を一つした。

正治に手を引かれ、二階に上がる。正治の寝室に入るのは、ずいぶん久しぶりな気がした。

「ここにはもう、入れないと思ってた」

亮平が呟くと、握っていた手が解け、かわりに強く抱きしめられた。

男の髪から、嗅ぎなれた煙草の匂いがする。懐かしい匂いだ。亮平も相手の背に腕を回してしがみついた。

何度かキスを繰り返し、広いベッドの上に倒れ込む。

正治は仰向《あおむ》けに亮平を寝かせると、覆いかぶさるようにしてキスと愛撫《あいぶ》を始めた。スウェットの裾から手が潜り込んで、脇腹や胸をさすった。

「正治さん、くすぐったい」

身を捩ると、男はふっと笑って、目がいっそう熱を帯びた。スウェット越しに、胸の突起をいじる。

「乳首立ってんぞ。やらしいなあ」

「それ、は……っ、正治さんがいじるから」

「そうか？」

正治は意地悪く笑うと、亮平のスウェットを胸の上までたくし上げた。つんと立った乳首を吸い、舌で転がすように舐められる。びりびりと電流を流されたかのように、快感に身が震えた。

「あ、あ……っ、だめ……」

「亮平は、ここ虐《いじ》められるの好きなんだよな」

「や、あ」

正治に抱かれるまで、ほとんど意識をしたこともなかったのに、今はたまらなく感じてしまう。正治が唇を離すと、濡れた乳首がぷっくりと薄紅色に充血していた。

「下もすげえことになってんな」

掠《かす》れた声に視線を移すと、スウェットのズボンは勃起したペニスでみっともないくらい、大きく膨らんでいた。その先が染みになっていて、恥ずかしくて死にそうだった。

「ごめん……見ないで」

身を捩って隠そうとしたが、正治に遮られた。やだ、と甘えるような声を、唇が絡め取る。

「見るに決まってんだろ。俺のもすげえぞ」

顔を真っ赤にする亮平に、正治は笑って服を脱いだ。ベルトを解いてズボンを下ろすと、ぶるりと赤黒く怒張した陰茎が跳ね上がる。腹に付きそうなほど勃起したそれに、亮平は思わず陶然と見入ってしまった。

「やらしい顔して」

「ち、ちが……」

上脱いで、と言われ慌てて服を脱いだ。下は正治が容赦なく、下着ごとはぎとってしまう。反り返ったペニスは先走りで濡れていて、恥ずかしかった。隠したいのに、正治はそれを許してくれない。

後ろがすっかり見えるほど、足を上げて開かされた。ローションでたっぷりと濡らされた指が、亮平の窄《すぼ》まりをゆっくりと広げていく。

「少し狭くなってるな。自分でいじらなかったのか」

「そんなの、してない」

正治と佳史とのことが気がかりで、自慰をする気にもなれなかった。だが今、放置していた身体は、ほんの少しの刺激で弾《はじ》けてしまいそうだ。

「う、ぁ……っ」

指が陰嚢《いんのう》の裏側を擦り、思わず息をつめた。亮平の反応を見て、正治はしつこくそこを突いてくる。

「ふ、ぅ……正治さん、入れてくれないの？」

愛撫は気持ちいいし、それだけで達してしまいそうだ。だがそれより、今は二人で繋がりたかった。

懇願するように見つめると、正治の顔が苦しげに歪む。

「がっつかないように、我慢してんだよ」

「我慢しなくていい。正治さんので早く、擦って」

おずおずと後ろに手を伸ばすと、正治の指に触れる。亮平はそこに自身の指を差し入れ、ゆっくりと広げてみせた。

「……お前っ」

正治が低く呻く。くそっと悪態をついて、指を引き抜いた。

「入れるぞ」

「いい、あ……ぁっ」

足を抱え上げられ、ゆっくりと正治のものが入ってくる。久しぶりに味わうそれは、たまらなく熱かった。

根本まで埋め込まれ、正治が息を吐く。

「……キツいな。大丈夫か」

わずかに汗ばんだ亮平の額を、さらりと撫でる。うっとりとうなずくと、優しくキスをされた。少しずつ腰を動かされ、じわじわと切ないような感覚がこみ上げてくる。

「ん、んっ、気持ちい……っ」

声を上げると、さらに動きは強くなった。亮平が痛がらないと見ると箍《たが》が外れたように、そのままガツガツと乱暴に腰を打ち突ける。無防備に胸を仰《の》け反《ぞ》らせると、胸の突起を強くつままれ、捻《ひね》り上げられた。

「だめ……あぁっ」

痛いはずなのに、つねられたそこから電流のように快感が走る。男を咥えた窄まりが、きゅんと収縮するのが自分でもわかった。

「痛いの好きか?」

亮平の奥へと穿ちながら、正治は悪辣な笑みを浮かべた。

「好きだよな。ちょっと乱暴にされるくらいなのが」

「ああっ、あっ、あっ」

乱暴に責め立てられ、意地の悪い言葉をかけられて、泣きたくなるような切なさがこみ上げる。それなのに心が快楽でいっぱいになるのは、亮平自身がこの優しい嗜虐を望んでいるからだろう。

正治もそんな亮平の反応を理解しているように、唇を啄《ついば》みながら時折、甘い表情を浮かべる。

「言えよ。好きだろ？」

一際強く突き上げられ、ぶるんとペニスが震えた。先端から耐えきれず透明な蜜が滴る。

「好き……」

もう恥ずかしいとかはしたないとか、そんなことは考えられなくなって、快楽に流されるまま正治の身体にしがみついた。

好きな人に、こんな風に抱かれたいと思っていた。叶わない願望だと思っていたのに、今はこうして、正治の欲望が埋め込まれ、一つに繋がっている。

「正治さん……好き、好き」

目の前にある端整な顔が、苦しそうな表情になった。亮平の中に埋め込まれた雄が大きくなるのを感じる。

「……ああ、くそっ。たまんねえ」

苦し気な声が聞こえたかと思うと、強い腕に身体を抱きしめられ、ガツガツと腰だけを打ち突けられた。

「亮平」

「ん、んんっ」

肉襞を擦られ、同時に大きな手が伸びてきて、亮平のペニスを扱く。

「それ、だめ……気持ちいい」

高まる射精感に亮平が呟くと、正治の獰猛な目がわずかに甘くなった。

「気持ちいいの、好きか」

突かれながら問われ、「好き」と夢中で答える。

「正治さんは？　気持ちいい？」

「ああ。すごくいい。もうイッちまいそうだ」

「ん、あ、俺も……」

自分の中が、うねっているのがわかる。正治に突かれ続けた奥がじわじわと温かくなっていて、前も後ろもたまらない快感だった。

「正治さん、も……だめ」

思わず縋りつくと、正治も前を弄っていた手を止めて、亮平の身体を抱きしめた。甘く漏れる声が、唇で塞がれてしまう。上半身を強く束縛されたまま、腰だけを打ち突けられる。少し苦しかったが、それはさらなる快感をもたらした。

「は、ん……んーっ」

我慢ができず、亮平は正治に縋りついたまま射精した。二人の身体の間に、温かいものが流れる。後ろが強く締まって、正治が低く呻くのが聞こえた。最後に一際強く突き上げられ、中にたっぷりと欲望が注ぎ込まれる。

「すまん。中に出しちまった」

大きく息をついた後、正治が身体を離そうとするのを、亮平は腰に足を絡めて止めた。

「おい」

「まだ、このままがいい」

中に埋め込まれた正治のペニスは、まだ硬いままだった。射精したばかりの亮平の身体は敏感になっていて、息をするたびに中が動いて、ぞくぞくした。ひとりでに、腰が揺れてしまう。

「なんだ、足りないのか」

亮平が自分から小さく腰を振っているのに気づき、正治が再び意地悪な笑みを浮かべる。

浅く緩く突かれ、甘い声が漏れた。

「あ、あ、だって……」

今まで何度も正治に抱かれたのに、初めて味わう甘い感覚が身体中を巡っている。快楽を持て余して困ったように相手を見ると、正治は微かに目元を和ませキスをした。

「なんだよ、もう硬くなってんじゃねえか。やらしい奴だな」

唇に、目の端に、あちこちに甘やかすようなキスを落としながら、声音だけは悪辣に亮平をからかい、追い上げる。

「正治さんだって」

「そりゃ、やっとお前が手に入ったんだ。一回で終わらせる気なんかねえよ」

甘い告白に、胸が疼いた。硬く育った正治のペニスを、ためらわず食い締める。正治はそれに低く笑い、恋人の身体を味わうようにゆっくりと、再び律動を始めた。


階段を昇ろうとすると、クロが駆け寄ってきて危うく転びそうになった。

「こら、クロ。危ないだろ」

さっきまで、亮平の部屋で富蔵さんとじゃれ回って引っ越しの荷物をぐしゃぐしゃにしていたのに、荷物を運び出す段になると、今度はそちらの邪魔をする。

「やっぱりこいつら、居間に放りこんで、ドアを閉めておいた方がいいんじゃないのか」

二階から降りてきた正治の腕には、不機嫌そうな顔の富蔵さんがいた。もっとも富蔵さんは、ぼんやりしていてもムスッとした顔に見えるのだが。

「でも二匹とも興奮気味だから、閉じ込めたら何をするかわからないよ。大丈夫。もう荷物はそんなにないから。ダンボール箱と、布団《ふとん》とあとアパートから持ってきたこたつ」

今日は亮平の引っ越しの日だ。二人で仕事の休みを合わせて、朝から荷造りを始めたのだが、普段と違うことを察知したのか、クロと富蔵さんは何やら興奮気味だった。

「相変わらず、お前の荷物は少ないな。引っ越しのし甲斐《がい》がない」

正治は拍子抜けしたように言った。

「まあ、引っ越しっていっても下から上に移動するだけだもんね」

亮平が正治の恋人になって、一か月。あれから亮平は、住民票をこちらに移し、正式に古河家に住むことになった。これまで受け取ってもらえなかった、家賃や光熱費もきちんと入れることにしている。恋人だからこそ、きちんとしたいのだ。

それならば、もっとちゃんとした部屋に移動しないか、と言ったのは正治だった。

亮平が与えられた部屋は、ここに居候することになった当初、ごく適当に選ばれた部屋だった。他に片づいている部屋もなかったからだが、亮平が整理を進めたおかげで、今ではどの部屋もずいぶん綺麗になっていた。

『本音を言えば単純に、お前の部屋が遠くて俺が寂しいってだけなんだけどな』

普段は正治の寝室で眠るが、どちらかの帰りが遅くなる時、亮平は正治の寝室から一番遠い自分の部屋で眠ってしまう。それが寂しいのだという。

色々と建前を見つけて自分の隣の部屋を勧めてくる正治に、亮平は思わず笑ってしまった。

元の部屋に特にこだわりがあるわけでもなく、普段は正治の寝室で寝起きをしているから、隣の部屋に荷物がある方が何かと便利だ。

「やっぱりベッドを買おうかなあ」

二階の新しい部屋に布団を運びながら、亮平は迷っている。かつては正治の父が使っていたというその部屋は以前の倍ほど広く、ベッドを入れるスペースが十分にある。だがここでは、ほとんど眠らないのだ。

「しばらく様子を見て、ゆっくり考えればいいんじゃないのか」

正治がもっともな提案をした。少しずつゆっくり。時間は十分にあるのだから。

「あ、富蔵さん。これから片づけるんだから、そこで寝ないでよ」

富蔵さんが二人の足の間をすり抜けてやってきて、窓際にごろんと横になった。

「日当たりがいいからな、ここは。冬はこの部屋が一番暖かいんだ。その代わり、夏は暑い」

亮平もこれからここで暮らし、季節の移ろいを感じるのだろう。正治と、クロと富蔵さんと一緒に。

「楽しみだなあ」

思わず呟くと、隣の男は笑って、亮平に軽くキスをした。

あとがき

こんにちは、初めまして。小中大豆と申します。

今回は外見だけチャラ男な受と、これまた外見は怖いけど中身は優しい年上の攻、というお話です。

もう年の差、年上攻、攻っぽい受、最初は受に冷たい攻……と、大好きな要素をすべて盛り込ませていただきました。

本当はもっと受を苛めたり、攻に徹底的に冷たくさせたかったのですが、攻の正治が面倒見のいい兄貴ぶりを発揮してしまったため、わりと前半から甘やかされてしまいました。

富蔵さんとクロはいっぱい大変な思いをしましたが、これからは何も辛いことなく、のんびりと古河家で一生を全うする予定です。

そんな自分大好き要素を詰め込んだため、今回も大変楽しく書かせていただきました。

しかも、攻っぽい受を金ひかる先生に描いていただける、ということで、今から本ができるのを楽しみにしています。

担当様には前回に引き続き、今回もご苦労とご迷惑をおかけしました。ハラハラさせてすみません。

そして最後になりましたが、この本を読んでくださった皆様、ありがとうございました。

発売前はいつも不安なのですが、少しでも楽しんでいただけたら、幸いです。

それではまた、どこかでお会いできますように。

小中大豆

✦初出　甘えたがりなネコなのに。……………書き下ろし

小中大豆先生、金ひかる先生へのお便り、本作品に関するご意見、ご感想などは
〒151-0051 東京都渋谷区千駄ヶ谷 4-9-7
幻冬舎コミックス　ルチル文庫「甘えたがりなネコなのに。」係まで。

幻冬舎ルチル文庫

甘えたがりなネコなのに。

2016年5月20日　第1刷発行

✦著者	小中大豆　こなか だいず
✦発行人	石原正康
✦発行元	株式会社 幻冬舎コミックス 〒151-0051 東京都渋谷区千駄ヶ谷 4-9-7 電話 03(5411)6431［編集］
✦発売元	株式会社 幻冬舎 〒151-0051 東京都渋谷区千駄ヶ谷 4-9-7 電話 03(5411)6222［営業］ 振替 00120-8-767643
✦印刷・製本所	中央精版印刷株式会社

✦検印廃止

ISBN978-4-344-83727-0　C0193　Printed in Japan